民族教育ひとすじ四〇年

──東京朝高 元教員の手記──

趙政済

三一書房

まえがき

趙　政　済

私は在日朝鮮人二世として山口県の炭鉱村で生まれました。

小学校四年の五月ごろに大阪に引っ越し、その三週間後に兵庫県の明石に引っ越して、そこで高校を卒業、東京の大学に行くことになります。

一九七五（昭和五〇）年朝鮮大学校を卒業して東京朝鮮高校に配属され、二〇一三（平成二五）年に在日本朝鮮人中央教育会を定年退職しました。

あしかけ三九年間、一七年間は教育現場で二二年間は学校運営機関で在日朝鮮人子弟の民族教育のために働いてきました。

個人的には学校だけでも紆余曲折の過程を経ました。思想遍歴も紆余曲折の連続でした。日本の学校にいた時期は朝鮮人に生まれてきたことを本当に忌み嫌っていましたが、朝鮮学校に行って初めて朝鮮人としての自覚と誇りを持つことができました。浪人中と日本の高校在学中に中学時代の友だちの影響でマルクス主義に目覚めるのです。さらにその友だちの勧めで『金日成《キムイルソン》伝』原語版を読み衝撃的なショックを受け、このことがきっかけとなってまた朝鮮高校に戻ることになるのです。

　今年満六五歳を迎えるにあたって自分の波乱万丈の人生を顧み記録に残すことにしました。

４番目の孫、顕隼（ヒョンジュン）の１歳の誕生日に。家族一同で（2016年5月27日）

目次

まえがき／2

家族――6
一　アボジ／6
二　オモニ／12
三　兄／18
四　弟／26

幼少年時代――40
一　山口県での生活／40
二　転校、朝鮮学校へ／48
三　林君との出会い／58

青年時代（一九六七〜一九七五）――73
一　高校浪人／73

二　マルクス主義への目覚め／75
三　朝鮮大学校へ／90

民族学校教員に――115
一　東京朝鮮中高級学校に配置／115
二　商業科教育の重要性／122
三　結婚、長男の誕生／133
四　生まれて初めて見る祖国／140
五　保衛部に拘束された弟／154

在日本朝鮮人中央教育会での活動――170
一　学校運営の資金づくりに奔走／170
二　アボジの遺骨を故郷へ／192

あとがき／225

家族

一　アボジ

父のことを朝鮮語でアボジといいます。
アボジの名前は趙鏞墨《チョヨンムク》、戸籍名は趙遜述《チョソンスル》といいます。名前が二つあるのは、私もそうですが、幼いときは幼名で過ごし成人してから本名を名乗るという朝鮮の習慣のためです。生まれたのは一九二〇年三月六日、現在の大韓民国の地名表記では慶尚北道大邱《テグ》広域市達城《タルソン》郡玄風《ヒョンプン》面地里一二五二番地となります。六人きょうだいの末っ子でした。（一番上が姉で一番下が妹、男の兄弟の一番下）
やんちゃできかん坊だったそうです。アボジの母が売るために大事に育てていた柿とか果物をとって食べてよく怒られたと聞きました。学校には行けなかったので、隣村にある夜学に通い、文字や九九を習ったといっていました。頭はよく物覚えは速かったみたいです。

1歳の誕生日。父、兄とともに。

一七歳ぐらいになると冒険心が出てきて元山まで遊びに行ったそうです。元山は江原道（現在は朝鮮民主主義人民共和国江原道元山市）に位置しています。さらに現在の中国の吉林まで行ったみたいです。吉林の街を歩いていると、誰がまいたのか「抗日武装闘争に参加しよう！」というビラを見かけたそうです。自分も武器を手に共に闘いたいと思ったようですが、結局は故郷に帰ったとのこと。一九三七年ごろのことです。

戸籍謄本をみるとアボジは一九四二年一二月三一日に、リ・チャナンという人と結婚しています。ところがアボジは一九四三年の春頃、野良仕事の最中に日本の官憲によってトラックにいきなり乗せられ、北海道の夕張炭鉱に連れて行かれ、強制労働をやらされたとのことでした。新婚ほやほやのときに新妻と無理やり引き裂かれたのです。アボジは最初の奥さんの話は一切してくれなかったのですが、大邱のいとこから聞いた話ではアボジが連れ去られた直後、前途を悲観し身投げして亡くなったとのことでした。

その後、アボジは夕張炭鉱から命からがら逃げ出し山口県にいる兄夫婦を頼って身を寄せました。一九四四年初頭ではなかったかと思われます。アボジはそこで母と出会い、再婚することになります。一九四四年の春のことでした。

アボジは、肉体労働をしながら各地を転々とし、一九四五年七月末か八月初旬頃には広島にいたそうです。そのまま広島にいたら原爆で死んでいただろうといっていました。

アボジは体は小さいけれど力持ちで、もっこでまきを担がせたら村中で右に出るものはいませんでした。終戦当時、村に朝鮮人グループができたそうですが、その親分格だったと聞きました。得意技はパッチギ（頭突き）です。朝鮮相撲も強く山口県の朝鮮解放記念日（八月一五日）の大会で優勝して豚を一匹もらってきたこともあったと、母がいっていました。愛国心と民族心の強い人でした。アボジは南の出身なのに韓国を非常に嫌っていました。金日成将軍が大好きで、歌える歌も「金日成将軍の歌」だけでした。音程は全然合っていませんでしたがよく歌っていました。金日成将軍が指導する北朝鮮（朝鮮民主主義人民共和国）を支持していたので韓国が嫌いだったのではないでしょうか。

私が二歳頃のことです。オモニ（母）におんぶされて家族で豊田前にある映画館に映画を見に行ったことがありました。豊田前は桃の木から下関に向かった途中にある炭鉱町です。映画館が二館もあって全盛期はすごく栄えたところで、美空ひばりが公演に来るぐらいでした。このときガラの悪い炭鉱夫に冷やかされたようでした。オモニが美人だったせいでしょう。当時兄は八歳。オモニは二五歳、アボジが三三歳でした。映画が終わるやいなやアボジは映画館前でそいつらを呼びとめ、喧嘩になったそうです。五、六人のやくざ者が相手だったそうですがアボジは得意のパッチギで、あっという間にみんなをコテンパンにやっつけたという話を兄から聞かされたことがあります。

私がまだ幼い頃、アボジは村で炭焼きや樵をしていたのですが、仕事がなくなると都会に出稼ぎに行くようになりました。記憶では小学一年ぐらいまでは家にいたと思います。アボジが仕事に行くとき牛に乗せてもらったり、牛ぞりに乗せてもらった記憶があります。出稼ぎに行くと何年も帰ってこなかったと思います。土方も掘り方をやらせれば誰にも負けないといっていました。

よく働き、稼ぎもそれなりにあったようですが、金はあまり家に入れなかったそうです。そもそもお金を貯めようとはしていませんでした。死ぬまで家一軒建てることはしませんでした。「いつか国に帰るので日本に家を建てる必要はない」が、口癖でした。

アボジは解放後、荷物をまとめて港まで行ったものの、どうも国の雲行きがあやしいと帰国を断念し、大嶺炭田の炭鉱村に引き返してきたそうです。アボジの一番上の姉家族と兄家族（趙鏞澤）は、そのとき家族を連れて国に帰っています。アボジは結局、死ぬまで故郷に帰ることはありませんでした。

私が小学校五年のとき、朝鮮学校に編入学したことがきっかけとなってアボジは朝鮮総連（在日本朝鮮人総連合会）の分会長（林崎分会）の仕事を任されるようになりました。分会というのは総連の末端組織です。会費を徴収したり学習会を運営するというのが主な仕事です。小学校もろくに行っていないアボジでしたが、村の中で朝鮮語の読み書きができる人が少なかったため、アボジも夜学で朝鮮語を教えるのに動員されたようです。

しかしアボジは自分の子どもの教育にはあまり熱心ではありませんでした。私の兄は、頭がよくてスポーツ万能、腕っぷしも強く、将来が有望視されていました。中三の担任は高校へ進学するよう強く勧めていましたが、アボジは大阪のカミソリ工場に兄を集団就職させました。兄は高等教育を受けられる環境があれば人生が変わったことでしょう。弟も大学進学を希望していましたが、アボジが許さず、結局、祖国に夢を託して北朝鮮(朝鮮民主主義人民共和国)に帰国してしまいました。

私は中学卒業後、読売新聞の店員になり一年間仕事をしながら高校の受験勉強をしたので、結局二年間働きながら勉強をすることになりました。そのとき貯めたお金があったので入学金の九万円は自分で出すから朝鮮大学に行かせて欲しいとアボジに頼みました。アボジは私には何か期待するものがあったのか気持ちよく進学を許してくれました。入学式の前の晩、アボジは私を前に座らせ、「大学に行って一生懸命勉強し、金日成将軍に忠実な革命戦士になりなさい」と涙ながらにいいました。このときは本当にびっくりしました。大学の四年間毎月授業料、食費、寮費合わせて一万五千円送ってくれました。

卒業式に晴れ姿を見てもらいたくて、両親を呼びました。でも配置先が東京朝鮮中高級学校だというのを聞いて、少しがっかりしたようでした。アボジにしてみれば学校の先生よりも、組織の活動家が本物の革命家に見えたのかもしれません。

殺しても絶対死なないとみんなにいわれていた不死身のアボジも、五〇歳を過ぎる頃からあっちが痛いこっちが痛いというようになってきました。最初は膝でした。若いときからの無理が後遺症となって出てきたのだと思います。アボジは酒も好きで、大酒のみでした。そのアボジが酒を飲むと吐き出すようになりました。そのときはもう肝臓をやられていたのだと思います。膝が痛いときは病院にとんでいって膝にたまった水を抜いてもらったり痛み止めの注射を打ってもらうのに、それ以外の病気は検査すら受けようとしませんでした。痛み止めを打って仕事を続けていたアボジでしたが、結核で入院することになりました。そして入院中の一九七六年五月二五日、肝硬変による動脈瘤破裂でアボジは、永遠に帰らぬ人になりました。

倒れたという知らせをもらって、東京から急きょ明石に向かったのですが、そのときは出血を止めるためのチューブが口から胃に入れられ、意識がありませんでした。アボジがいつどうなるのかわからないということで、オモニ（母）と兄と私といとこの金太一君とで交代で付き添うことにしました。オモニと替わって四時間ぐらい経ったときのことです。アボジが急に苦しみ出しました。すぐに先生を呼んだのですが、そのまま息を引き取りました。結局、アボジの最期は私といとこの太一君がみとることになりました。

アボジは日本に連れて来られて三三年、生き別れた父母、兄弟に一度も再会できずに異国でその短い人生を終わることになりました。「統一した祖国に帰る」といつもいっていましたが、その夢もついに叶いませんでした。

民族心が強く総連の組織の仕事を熱心にしたアボジでしたが、夫婦仲が悪く家庭を大事にしなかったのには、理由があったのだと思います。オモニは二歳のとき両親とともに日本に来て日本の小学校を卒業しました。そして天皇陛下を尊敬し日本の着物を私が高校になるときまで着ていたような人です。片や新婚時代に日本に強制連行されて日本に来たアボジとでは合うわけがありません。バリバリの朝鮮人とバリバリの日本人が結婚し一緒に生活していたようなものです。オモニにとってもアボジにとっても安らぎの幸せな家庭ではなかったのではないでしょうか。

二　オモニ

オモニの名前は、徐奇花《ソギファ》といいます。慶尚南道蔚山の出身で、一九二八年七月九日に生まれました。日本に来たのは二歳のときだったらしいです。ですから故郷の記憶は全くありません。オモニにとって故郷といえば山口県美祢市大嶺町桃の木でしょう。八人きょうだいの長女として生まれました。

オモニのアボジはその当時では朝鮮人としては大変珍しく百姓をしていました。一九三〇年頃、日本で朝鮮人が土地を持って百姓するということはまずありえないでしょう。背も高く男前で頭もよく読み書きそろばんができたそうです。叔父さんに聞いた話ですが、外祖父は故郷にいたとき日本の有力者に気に入られ、かわいがられたとのことです。日本に来たら面倒を見るといわれて来たようです。

それでオモニは小学校に通うことができたのです。私が通ったのと同じ、桃の木小学校でした。卒業後、家の手伝いをして一九四四年春、一六歳のときにアボジと結婚しました。親に「若い娘は慰安婦として軍隊に引っ張られるから早く結婚させなければいけない」といわれ、顔も見ないで結婚させられたということです。一世ではあるものの日本の教育を受けたオモニと、日本語もよくわからない純粋の朝鮮人のアボジとの結婚はむずかしいものでした。

結婚して一年後の一九四五年三月八日、長男が生まれました。それでも夫婦仲はよくありませんでした。二年後には次男が生まれるのですが、二歳頃肺炎で亡くなりました。アボジは相当悲しんだようです。いつまでも埋めないで抱っこして寝ていたとオモニがいっていました。でもだんだん腐ってきたので恐ろしくなってついに埋めに行ったと聞きました。墓はありません。両親が昔住んでいた家の近くに今でも埋まってい

ハルモニ（著者の母）に抱かれた次男の剛來（1983、明石で）

るでしょう。

アボジの実家は韓国の大邱ですが、オモニの実家は山口県美祢市大嶺町桃の木下です。私たちの住んでいた所は桃の木上でした。オモニの実家の隣村です。オモニのアボジも民族意識は強いほうで、祖国解放後の一時期、朝連（在日本朝鮮人連盟）の桃の木分会長をしていました。朝連とは、祖国が解放してからすぐに創られた在日の同胞組織のことです。オモニは朝連の分会長の娘で、夫もバリバリの朝鮮人なのにいつも日本の着物を着て歩いてました。

アボジとオモニは食事の面でも全然合いませんでした。アボジの好きな食べ物とオモニの好きな食べ物が全然違うのです。アボジは犬の肉が大好きで死ぬまでよく食べていましたが、オモニは犬の肉は食べるどころか臭いをかぐだけで吐きそうだといっていました。オモニもアボジが嫌いですが、アボジもオモニに対して不満が多かったことでしょう。オモニは戦争中に日本の教育を受けて、天皇を心から尊敬していました。鬼畜米英の歌を歌い、竹やりで戦争訓練を受けたオモニです。幼いころに受けた教育というものは死ぬまでなかなか抜けきれないのかもしれません。

私が二歳頃のことです。オモニがアボジに包丁で刺されるという事件がありました。あるとき、オモニが実家に甘酒をもらいに行って帰ってくると、アボジが不機嫌な顔をして座っていたそうです。アボジはオモニに「今までどこに行っていたんだ」と怒鳴りつけました。オモニも性格が強く、負けていません。たぶん何かいい返したんだと思います。それでアボジはかっとなってしまったようです。オモニは近所の鬼村さんという人の家の前まで走って逃げたものの、アボジに捕まり刺されてしまったそうです。アボジはその場から逃げてしまいました。それで鬼村さんが救急車を呼んでくれたそうです。これはオモニのいい分で本当のことはわかりません。兄の推測ではまだ二五歳できれいなオモニのことですから、同級生の男の人と道端で偶然会って話したりしているところをアボジに見つかって、喧嘩になったのではないかと思われます。

オモニは豊田前の病院に入院し、六か月間治療を受け奇跡的に一命を取りとめたとのことです。医者の話ではあと少しずれていたら死んでいただろうとのことです。

アボジはすぐに指名手配され、捕まりました。オモニのアボジはもう別れろといったのですが、子どもたちと別れることはできないので離婚しなかった、とオモニがいっていました。

こんな大事件を起こしたアボジですが、全然反省するそぶりを見せません。その後も相変わらず殴ったり蹴ったり髪の毛を引っ張ったりオモニに対する虐待は続きました。オモニはオモニでアボジに対して従順な態度を見せるのではなく、やはり反抗するのでした。

出稼ぎに行ったままなかなか帰ってこない、家族の面倒を見ようとしないアボジを見て、苦労する娘を見ていられなくて祖父は、夫のいるところに行きなさいとオモニを諭したみたいです。私が小学校四年の一学期の途中でした。アボジのいる大阪に引っ越すことになりました。一緒に住めば家族の面倒を見ないわけにいかないので、そのほうが娘のためになると祖父が判断したのでしょう。

そんなオモニも徐々に変わっていきました。私の影響もありましたが、一番大きなきっかけは総連（在日本朝鮮人総連合会）が運営している政治教育機関、近畿学院に行ったことでしょう。二週間だったたか、一か月だったかよく覚えていないのですが、帰って来て人ががらりと変わりました。日本の着物を捨てたのです。弟と二人で顔を見合わせました。それまで日本の歌謡曲ばかり歌っていたオモニですが、急に朝鮮の歌を歌い出したのです。もちろん昔から「アリラン」「トラジ」は、アボジが人を呼んで家でお酒を飲むとき、アボジによく歌わされていました。近畿学院から帰って来て歌う歌は、そんな昔の民謡ではなく「康盤石《カンバンソク》オモニの歌」（康盤石オモニは金日成将軍の母親）とか革命歌でした。本当に人間は変われば変わるものです。それからは在日本朝鮮民主女性同盟の活動にも積極的に参加するようになりました。最終的には、女性同盟支部副委員長を担当するまでになりました。

アボジが土建業をしていたので別にオモニは仕事をする必要はなかったのですが、生活費以外アボジが金をくれないので、家の近くの鉄工所で働き出しました。山口にいるときから、アボジが出稼ぎに行っても一切仕送りをしなかったので、子どもたちを育てるために炭鉱で選炭の仕事をしていたオモニですが、今度は自分が自分のために使える金を稼ぐために働くようになりました。音楽が好きでステレオを買ったり、レコードを買ったり、おしゃれなオモニでしたから服を買ったりしていました。オモニは子どもを育てながら、苦しい生活の中でも自分の趣味とか、生きがいを探しマイペースで生活するようにしていたみたいです。この頃から、アボジ、オモニは、あまり喧嘩をしなくなりました。まず殴ることはありませんでした。

アボジが亡くなったとき、オモニはまだ四八歳でした。アボジとは三二年間連れ添ったわけですが、オモニはその後四〇年間幸せに自由にのびのびと生きてきたと思います。

一九九九年頃、兄夫婦が離婚し、オモニは埼玉県に住んでいた私を頼ってきました。一年間は私の家に一緒に住んでいたのですが、どうしても嫁と合わなくて別居す

母の傘寿の祝い（2008 年 7 月 9 日、自宅にて）

ることになりました。

四人の子どもを産み、一人は肺炎で亡くし、三人の子を炭鉱の選炭の仕事をしながら育てたオモニも米寿を迎えました。二〇代の若さで化粧もしないで真っ黒になりながら選炭の仕事をし、私たちを育ててくれたオモニ、朝早く三人の子どもを家に残して一〇キロの距離を歩いて職場まで通いながら働いたオモニです。途中、よく人が首つり自殺をするところがあってそこを通るときは本当に怖かったといっていたオモニ、今は一人でのんびりと過ごしています。孫は、一一人です。曾孫は一三人います。

三　兄

私の兄は趙桃済《チョトジェ》といいます。外祖父母にとって兄は初孫でした。

兄はアボジに非常に厳しく育てられました。それで小さい頃から根性もついて頭も賢く、運動もよくでき喧嘩も強く小学校の番長でした。運動会でもいつも一等賞だったそうです。アボジの自慢の息子だったのです。運動会の日は朝鮮人の仲間をたくさん連れて、応援に来るぐらいでした。運動会が始まるとアボジは仲間とお酒を飲み朝鮮の踊りを踊りドンチャン騒ぎをするので、兄は恥ずかしくてたまらなかったそうです。兄は手が器用で工作が得意でした。今でもよく覚えていますが、鳥かごをうまく作るのです。メジロを捕まえて鳥かごで育てていました。メジロは長く飼うとよく馴れて手に乗るようになります。また兄は鳥を捕まえる罠を仕掛けるのも上手でした。罠で捕まえた鳥を家に持って帰るとアボジは非常に喜んで焼き鳥にして食べていました。魚釣りも上手でした。川釣り、湖釣りで、よく魚を釣ってきました。夜に釣りについて行ったことがあるのですが、見事にウナギを私の目の前で釣りあげました。最初は蛇だと思って怖かったです。

どんなことでもよくできる兄でしたが、私ら弟にとっては非常に怖い存在でした。六歳上の兄は、よく私に課題を与えるのですが、まだ幼い私はそれができなくて、そのたびに怒られ殴られもしました。たとえば「風呂を沸かしとけ」といわれるのですが、まだ幼い子にできるわけがありません。それで兄が帰って来て風呂ができていないと怒られるのです。またあるときは、「丸太をのこで切っとけ」といわれて一生懸命に切るのですがなかなかうまく切れません。それで帰って来た兄にまた怒られるのです。それが嫌で嫌でたまりませんでした。

小さい頃、兄のことで一番いい思い出は家で一人留守番していたときのことです。オモニは幼い弟を連れて働きに行っ

トラックの運転手をしていた当時の兄

ていないので、四歳頃からいつも一人で家にいました。怖いし寂しいし心細かったものです。あるとき学校から帰って来た兄は、カエルのような格好で寝ている私を起こしました。そして給食で出たパンをくれたのです。美味しかったです。その兄も中学卒業後すぐ大阪に集団就職しました。私が小学四年になる年の三月でした。

その後、兄に会ったのは兵庫県明石市の明石川の鉄橋建設現場の飯場でした。遊びに来たのですが、キャッチャーミットがお土産でした。なぜミットだったのかはわかりません。その後、中学二年まで家に帰ってきませんでした。授業中に家から電話が入り、帰って来いというのであわてて帰ったのですが、長い間消息がわからなかった兄が見つかったということでした。兄は大阪の拘置所にいたのです。私が中学二年の年に、兄は執行猶予三年で出てきました。それからは明石の家で一緒に住むことになりました。兄はトラックの運転手の仕事を始めました。一度中学のある垂水までトラックに乗せてもらいました。そのうち運転手の仕事をやめてアボジと一緒に働くようになりました。私は土方よりトラックの運転手のほうが格好いいと思っていたので反対でした。アボジと兄が一緒に働くのは絶対無理だと思っていたのです。残念なことに私の勘は当たってしまいました。

アボジと兄はしょっちゅう喧嘩をするのです。一番ひどい喧嘩は殺し合いのようなものでした。私が浪人中、新聞配達を終えて家に帰ってくると、家の前を通る近所のおばさんが私にすぐ行くように言うのです。慌てて走っていくとアボジと兄が喧嘩をしていました。アボジは両手にレンガを持って立っています。兄は車から何かを取り出そうとしている場面でした。私は嫌な予感がしました。案の定、兄は以前から護身用に車に積んでいた十手を持ち出してきたのです。先を鋭くとがらせた十手です。刺したら死んでしまいます。私はとっさにアボジの前に手を広げて立ちました。そして大声で叫びました。

「あかん！　あかん！　ヒョンニム（兄さん）！」「アボジもレンガ捨てて！」

一瞬兄は止まりました。アボジもレンガを捨てました。本当に危機一髪でした。それからアボジを連れて家に帰りました。その夜、アボジが家で座っているところに兄が帰ってきました。私はどうなることやらはらはらしました。ところが意外にも兄はアボジに朝のことを謝りました。アボジも自分も悪かったと謝りました。そのときジーンと胸が熱くなりました。やっぱり喧嘩しても親子なんだなと。喧嘩の原因は兄の朝帰りでした。

兄は執行猶予期間中はおとなしくしていました。ところが執行猶予が終わるとまた悪さが始まったのです。その当時、兵庫県の明石市林崎に住んでいたのですが、いつの間にか兄は林崎の不良グループのリーダーになっていました。

夏のある日のことです。私はアボジが友人から任されていた須磨海水浴場の海の家に手伝いに行っていました。そこへ兄がグループを連れて遊びに来たのです。私はかき氷を作ったり店の仕事を手伝っていたのですが、兄は友だちと海で遊んでいました。帰るときに兄の軽トラに乗せてもらうことになりました。後の荷台に六人ぐらい乗ったと思います。途中の交番で、案の定、呼び止められました。兄たちは二人の警官に食ってかかって喧嘩です。どうなることやらと心配でしたが無罪放免となりました。その後もあっちこっちで喧嘩をしていたみたいです。兄の子どもにもいったことがありますが、兄は優秀で文武両道、高等教育を受けさせれば、孫正義ソフトバンク会長に負けないぐらいの人材になれたと思います。アボジが中学の担任の強い勧めを蹴って大阪のカミソリ工場に集団就職させたのが、兄の人生を狂わせた根本原因だと思います。大阪のカミソリ工場には同じ中学卒の先輩が幅を利かせていたのでした。中学時代から民族差別をした同じ中学の先輩が兄を待っていたのです。

兄は弟の教育にも口を出しました。一番下の弟が小学校を卒業するとき、兄は朝鮮学校はレベルが低いので日本の中学に行かせるべきだというのです。またも親子喧嘩です。私も兄の意見に賛成でした。理由は自分が中学三年間通ってみて同じように思ったからです。小学校は良かったのですが、中学はガラが悪く、弟には勧められませんでした。二人の兄が一緒に日本の中学への進学を勧めるものですから弟もその気になりました。それでも日本の中学に行かせるアボジではありません。日本の学校に行きたければ家を出て行けの一点張りです。それでしょうがなく兄と弟は家を出ることになったのです。

アパートを借りて二人で住みながら弟は日本の中学に通いました。兄はアボジの仕事も辞めて軽トラで行商みたいな仕事を始めました。中卒の兄が再就職するのは非常に難しいことでした。一番被害を受けたのは弟でした。まだ母が恋しい年頃です。料理も母の料理のほうが兄の出してくれる料理よりおいしいでしょう。兄にとっても弟の面倒をみるのは負担だったと思います。まだ一二歳の若さです。家に戻りたいという弟の切実な願いにアボジが折れて中二から家から学校に通えるようになりました。兄も家に戻ってアボジの仕事を手伝うようになりました。

兄は結婚してやっと落ち着きました。日本の女性と付き合っていたのですがアボジが絶対結婚を認めてくれないので、アボジの紹介する朝鮮の女性と見合い結婚しました。日本の女性と別れさせるために、ケチなアボジが一〇〇万円準備しました。アボジにその一〇〇万円を渡して来いといわれ、私は兄の恋人に会いに行きました。私は彼女に会って説得し、お金を渡しました。子どものために金を使わないアボジでしたが、長男を朝鮮人と結婚させるためには、お金が惜しくなかったようです。

山陽電鉄の林崎駅の近くで家族一緒に住んでいたのですが、そのアパートの真横に空き家があったので、そこで兄夫婦は新婚生活を始めました。結婚してすぐ男の子が生まれました。アボジにとって待望の初孫です。次の年に女の子が生まれました。アボジは本当に喜んでいました。五〇過ぎていましたから無理もありません。そのあとに続けて男の子が二人できました。その子たちはハラボジ（祖父）を見ることはできませんでした。

兄はアボジが亡くなった後、アボジの仕事を引き継ぎ、土建業を繁盛させました。家も立派に建て、会社を個人企業から法人にし事務所も構え、車もセルシオの新車に乗り換えました。中卒で苦労した兄にとって立派に成功したといえるのではないでしょうか。兄にとって一番幸せな時期だったと思います。

兄は仕事の関係でヤクザと付き合うようになるのですが、これが人生破滅のきっかけになるのです。お金に余裕もできて精神的に油断したのか、魔がさしたのかよくわかりませんが、ギャンブルに手を出して莫大な借金を作ってしまうのです。それが原因で全てを失うことになりました。また、借家住まいに戻ることになりました。財産はすべて失い借金だけが残りました。夫婦仲も最悪です、それが原因なのか他にも理由があったのかわかりませんが、結局兄夫婦は離婚しました。

兄はその後、ヤクザになりました。そんな兄ですが、私も助けてもらったことがあります。青森でパチンコ店を経営していた教え子が詐欺にあい、二千万円ぐらい損をしたことがありました。その話を聞いていて頭に来た私は、金は取り戻せないかもしれないけれどこの詐欺師をこっぴどくやっつけてやろうと思い、教え子にその旨いいました。教え子も是非そうしてくれというので、兄に即連絡を入れました。兄が青森の私の教え子が騙されてつかまされた不渡手形を渡してくれれば回収できるというので、頼むことになりました。

早速、兄は神戸から岩手の盛岡に飛びました。まさか神戸から手形の回収に来るとは夢にも思っていなかった詐欺師はびっくり仰天です。全部回収したのかどうかはわかりませんが、二百万円以上教え子にお金が戻ってきたのは間違いありません。

兄は結婚してからは、本当によくしてくれました。大学から帰るたびに食事に連れて行ってくれました。私は焼き肉が大好きでした。ある日、兄が「今日はフグを食べに行くぞ」というではありませんか、がっかりでした。フグなんか食べたこともないし毒で死ぬこともあると聞いていたので、怖かったのです。フグ刺――てっさを食べて美味しいのでびっくりです。それからはフグが一番好きになりました。大学に帰る日は新幹線の駅まで送ってくれて、必ずこずかいをくれました。アボジにこずかいをもらった記憶がありません。お年玉ももらった記憶がないのです。

私は、教員になってゴルフが好きになったのですが、いつも帰省するたびにゴルフにも連れて行ってくれました。正月、兄が家族で岡山の温泉に行ったときには私も連れて行ってくれました。兄がいなかったら私の人生は本当に寂しい人生だったと思います。アボジが亡くなったとき、私はまだ二四歳でした。二六歳で結婚するのですが兄が全部準備してくれました。兄には本当に感謝しています。

兄は今はヤクザの世界からはすっかり足を洗い平和な生活を送っています。

四　弟

弟は趙光済《チョグァンジェ》といいます。一九五四年三月一六日、私が生まれた家で生まれました。小さい頃から体が弱く体格も小さかったです。弟とは歳が三歳離れていましたが早上がりで学年は二つ下でした。体が貧弱なので早上がりさせたくなかったそうですが、行政のほうのきまりでそうなったらしいです。いつも私と同じ布団で寝て育ちました。私が中学三年ぐらいになって別々の布団で寝るようになったと思います。

アボジは出稼ぎでいない、オモニも仕事でいない、兄は学校に行っていないので弟が三歳ぐらいからいつも私と一緒でした。他の家ではその年頃の子は豊田前の幼稚園に通っていました。私たちは通わせてもらえないのでいつも二人で遊んでいました。

ある日、オモニに「昼御飯がないからおばあちゃんの家に行って食べてきなさい」といわれました。それで弟と二人、おばあちゃんの住んでいる桃の木下まで歩いて行きました。おばあちゃんの家に着くとおばあちゃんが「おう来たか。ごはん食べたか？」といいました。私は咄嗟に「はい」と答えてしまいました。〝あちゃー！　失敗〟と思いましたが「おなかがすいた」といえずに、ご飯を出してくれるのをひたすら待っていました。四時頃まで待ったのですが、おばあちゃんも家事で忙しく飛び回っていて私たちのことは忘れたみたいでした。おなかはぺこぺこでしょうがないのですが、暗くなると怖いので帰ることにしました。桃の木下には店が二軒ありました。弟に「店に行って食べるものを盗って来い」といいつけました。弟もお腹が空いているので喜んで飛んで行きました。私が小学に入る前ですから弟は三歳だったと思います。私は裏道から先に行って弟が来るのを待っていました。弟が走りながらやってきました。手にはみかんが二個握られていました。よくやったと褒めてやり、二人でみかんを食べながら家に帰りました。オモニは暗くなって帰ってきました。オモニの顔を見るなり二人で大声で泣いたことが昨日のことのようです。

弟も私と同じ道を歩みました。小二のとき、大阪の枚方小学校に転校、すぐ兵庫県明石市立王子小学校に転校、小三のとき、明石朝鮮初級学校に編入学、中学は明石市立衣川中学校を卒業、中学だけは私と違う道を行きました。中学時代にはサッカー部に入り中三のときはキャプテンを任されました。

高校は私が日本の定時制高校から神戸朝鮮高校に編入学することもあって弟も朝鮮高

校に入りました。

弟は体は小さかったのですが、気が強く反抗心旺盛でした。私にも反抗しましたが、上の兄にもよく逆らっていました。兄だけではありません、アボジにも逆らうのでいつも怒られていました。高校時代、アボジと喧嘩してアボジに怒られるとたいてい近くの朝鮮の小学校に逃げていました。私がそのたびに迎えに行ったものです。弟は殴られるまで反抗するたちなのです。目上の者には絶対手を出せない、出さないのが朝鮮民族の鉄則ですから殴られて終わりでした。

弟は頭は良いほうでした。スポーツもまあまあでした。ただ、誰よりも負けん気が強く努力家でした。高校時代ボクシングに興味を持ち一人で黙々と練習していました。最初サッカー部に入ったのですが、朝鮮高校のサッカー部は日本一のレベルですから県大会三位の公立中学のキャプテンを務めたといってそう簡単にレギュラーになれるわけにはいかないのです。入るとき私に相談しに来たので、まあ一度頑張ってみればといってやったのですが、やはりついて行けなからやめたいと、許しを求めてきました。それで「よく考えて自分で決めろ」といってやりました。それからボクシングです。私もいとこもみんな空手が好きでしたが、弟はボクシングを選びました。ある日、山陽電鉄の中で通学途中に大学生と喧嘩になったそうなのですが、相手がなんとボクシングで有名な近畿大学のボクシング部キャプテンだったのでした。家も同じ林崎駅の近くでした。それがきっかけとなってボクシングを本格的に教えてもらうことになったみたいです。車のタイヤをどこかで手に入れて毎朝ロープで腰に縛りつけ走るのです。テレビか漫画で見て真似をしたのだと思いますが、とにかく根性は半端ではなかったようです。そういう無理がたたって高校三年のときに弟は結核にかかりました。一学期の集団検診で異常が発見されたのですが、担任の先生がきちんと伝えなかったせいで、弟は夏休みに朝鮮総連中央が組織した青年同盟の熱性者講習会に参加してしまいます。講習とはいえ主に空手の訓練です。真夏の四〇度近い暑さの体育館で、空手の訓練を受けたら結核患者がどうなるか、殺人的なミスです。二学期に入ってどうも体の調子が悪いと病院に行って結核だとわかったのです。一学期のレントゲンの検査結果を再度確認したところ、結核で再検査を受けるように保健所のほうで学校に連絡したというではありませんか。家のほうで担任に抗議しましたが後の祭りです。弟は約一年間入院して一年ダブルことになりました。

私が中学時代からマルクス主義に目覚め始めると弟も感化されてマルクス主義を学び始めます。私が『金日成伝』を読むと弟も読みました。私が朝鮮大学校に入ると弟も朝鮮大学に行きたいといい出しました。アボジに駄目だといわれると、今度は「朝鮮に帰って金日成総合大学の政治経済学部に行きたい」といい出しました。

弟は一九七二年一二月一五日、雪のぱらつく新潟港から単身祖国に向かって旅立ちました。自分が持っていた有り金全部、一〇万円ぐらいあったでしょうか、「もう自分には必要ないからヒョンニム（兄さん）にあげる」といって風呂敷袋一つ持って海を渡りました。それがアボジとの永別になるとも知らずに。

弟が税関を通って船に乗る瞬間、アボジは「グァンジェやー」と泣きながら弟に向かって走り寄ろうとしました。係員に止められたアボジを、弟は一瞬立ち止まって見つめ、ふたたび船に向かって歩き始めました。弟はアボジがそういう行動に出るとは思わなかったので驚いたのだと思います。船が見えなくなるまで三人で見送りました。

弟は帰国して最初の一か月間は清津《チョンジン》の帰国者専用合宿所で講習を受けたそうです。この期間は毎日白米が出ておかずも良かったそうです。

講習が終わると各自の希望に沿って地方に配属されました。弟は金日成総合大学政治経済学部を希望したのですが、配属先はなんと黄海南道載寧《チェリョン》郡でした。農村です。何故弟がチェリョン郡という農村に配置されたのかは謎です。普通、金日成総合大学を希望している高校生ですから常識的に考えるとピョンヤンが妥当でしょう。それでも山奥とか僻地じゃあなかったので不幸中の幸いでした。

次に驚かされたのが載寧駅でのできごとでした。夜に列車で清津から載寧駅にたどり着いたのですが、誰も迎えに来ていないのです。配置は載寧軽工業高等中学校でした。それで弟は駅員に「帰国者ですが、どこに行けばいいのでしょうか？」と尋ねたところ、駅員いわく「そこの旅館に行きなさい」とのことでした。おかしいなあと思いつつ夜も遅いので旅館に行きました。普通のお客と同じ扱いだったそうです。一泊いくらの宿泊料を払いながらそこで生活することになったのです。お金は全部私に渡して帰国した弟です。食事も有料です。夢と希望に胸を膨らませて海を渡ってきた弟でしたが、お先真っ暗になりました。

弟をさらに不安にさせることが起こりました。昨年の暮に帰国した人が旅館にいるらしいということを聞いて、以前の帰国者たちが入れ替わり立ち替わり訪ねてきたそうです。そして一人の金さんというおじさんに「ここにいたら大変なことになるぞ、私の家に行こう」と誘われました。弟はお金もないし不安なので以前京都から帰国したというそのおじさんの家に行くことにしたそうです。金さんの家に居候しながら軽工業高等中学校に編入して大学進学準備を始めました。

弟は高校三年の途中で帰国したので、七三年七月に無事卒業してからすぐピョンヤンに行き、金日成総合大学の入学試験を受けることになったそうです。ところが、またしても問題発生です。今度は志望学部の問題でした。大学のほうで政治経済学部は受験できないとのことでした。政治経済学部は軍人出身か、推薦人しか受けられないことになっているらしいのです。弟に割り当てられた学部は化学部でした。化学ならわざわざ帰国して勉強しなくても日本でいくらでも勉強できます。朝鮮の立派な革命家になるために帰国したのだから政治経済学部以外は絶対受けないと啖呵を切って弟は載寧に帰ってしまいました。

根性だけはだれにも負けない弟です。

それから人民軍に志願するのです。ところが今度は、人民軍は独身帰国者は入隊できないというではありませんか、弟の前途は真っ暗です。途方に暮れていた弟に、黄海南道道庁所在地の海州市から呼び出しがかかりました。

もう一〇月か一一月になっていました。大学は九月から始まっています。弟は人民軍出身ではないものの、特別に金鐘泰《キムジョンテ》師範大学金日成革命歴史学部を受けられるようにしてくれるとのことでした。かつては海州師範大学という名称だったそうです。韓国で地下活動していて捕まり処刑された統一革命党党首金鐘泰氏の功績を讃えて金鐘泰師範大学としたということです。遅ればせながら大学の試験を受けた弟は見事合格し、入学式もなしに一学期の途中から大学生活を始めることになりました。

弟が大学に入る前の話を少し書きます。一月から七月の間の話です。帰国はしたものの幻滅を感じるようになっていた時期のことです。日本に手紙で話が違う、食べる物を送ってくれ、ボンカレーを送ってくれ、インスタントラーメンを送ってくれとたくさん出していたそうです。ごく一部は届きましたが、ほとんどは没収されて届きませんでした。金日成将軍を誰よりも尊敬し分会長をしていたアボジは、支部に飛んで行って支部委員長に「いったいどうなっているんだ、話が違うじゃないか」と猛抗議をしました。支部委員長曰く「だから、帰国させるなとあれほどいったじゃないか」でした。娘を帰国させた支部委員長は向こうのことをよくご存じだったのです。アボジはそれからラーメンとかいろいろ送りました。今みたいに往来ができないときですので頼まれたものを送ることしかできませんでした。

帰国した時期が冬だったので季節的には最悪でした。北朝鮮はとにかく寒い所なのです。大陸の寒気に直接さらされるためだそうです。そのため日本の北海道より寒さが厳しい所だということです。弟は一月の終わり頃か二月の初め頃にチェリョンに配置されたので季節的に一番厳しいときだったはずです。旅館で何日か過ごし、京都から帰国した金ヨンジュンさんの家に下宿することになったので凍死することもなく生き延びることができたのでしょう。金さんには感謝していますが、どうやら弟と自分の娘を結びつけたいという魂胆があったみたいです。弟が大学に入って海州市に行くとすぐ金さん一家も海州市に引っ越してきたそうです。帰国者が向こうで生きて行くためにはそういうことが必要みたいです。

身内もいない、生活の土台もない所に行って、日本で聞いた話と全く違う現実に直面し考えることは三つあると思います。一つは、日本にいる身内から援助を受けること。二つ目は、帰国者の中から可能性のある人を選んで自分の子どもと結婚させて身内を作ること。三つ目は、向こうで成功することです。結局、弟が娘さんを気に入らなかったので金さんの思惑は外れてしまいました。

弟は大学生活をあの根性で頑張り乗り越えました。金鐘泰師範大学社会主義労働青年同盟（現金日成社会主義青年同盟）副委員長に抜擢されたのです。朝早く起きて全員でランニング、体操、朝礼、朝食、授業と四年間寄宿舎で寝起きをし、勉強と組織生活を送ったわけです。

大学時代にいろいろなことがあったのですが、二つだけ紹介します。一つは「田植え戦闘」に行ったときのできごとです。「田植え戦闘」というのは、田植えの時期に生産活動に従事していない労働者、事務員、教師、学生らが無償で田植えにかりだされることをいいます。弟らは夜遅くまで学校でやることがあり、夜遅くトラックの荷台に乗れるだけ乗って「田植え戦闘」に出発したそうです。ところが途中、交通事故にあってトラックが横転したのです。たくさんの学生が下敷きになって死にました。このとき弟も肝臓破裂で危篤状態におちいったそうです。事故の報告を受けた金正日書記（当時の肩書）は、重傷者をヘリコプターで病院に搬送するよう指示を出し、緊急手術を受けさせてくれたそうです。金正日書記は弟の命の恩人になったのです。弟はますます指導者に対する忠誠心を高め大学で頑張ったわけです。

もう一つのできごとは大学四年時のことです。夜遅くまでやることがあって一段落して青年同盟の事務室に入ったときのことです。何か人の気配がしたので別の部屋を覗いたら、青年同盟の委員長が女子学生と何やらあやしい雰囲気だったらしいのです。弟は気を利かせてすぐ部屋を出て行きました。委員長は専任の人です。副委員長の弟は学生代表です。委員長は弟が自分の道徳的欠点を問い詰めてくるにちがいないと思い込み、逆に弟に対するバッシングを始めました。このままではやられると思った弟は、党中央の検閲委員会に直訴の手紙を送ることにしたそうです。数日後、党中央から調査団が大学にやって来て委員長は解任されることになり弟は無事に大学を卒業できました。

弟が卒業したのは一九七六年七月だったと思います。その後、黄海南道保健幹部学校の革命歴史担当教師として配置されました。保健幹部学校というのは道内の医師等の再教育機関で、学生は現職の医者たちです。

大学四年間一生懸命に勉強したのでしょう。配置先としては結構いいところだといえます。弟は寂しかったの

金鐘泰師範大学４年のときの弟
（前列中央、1975 年）

か、すぐ結婚しました。私より早かったので、一九七七年頃だったと思います。相手の女性は二歳のときに名古屋から帰国した金貴玉という人で、海州医学大学を卒業しています。父親は生まれたときはすでに家を出てしまって一度も会ったことがないそうです。帰国者とはいえ、二歳のときに母親と帰国したので日本語も全然できないし日本のことも全く知りません。

弟は仕事も順調で子どもも五人も生まれました。朝鮮では子どもをたくさん産む家庭はごく稀です。五人も生んだのには理由がありました。最初の子は女の子でした。二人目も女でした。三、四人目は双子の女の子でした。弟は双子の女の子が生まれたときは相当ショックだったようです。それで私がもう一度チャレンジしてみろと尻を叩いたのです。そしてようやく最後に男の子が生まれました。

仕事も家庭も全てうまくいっていたのですが、一九九四年七月八日、たいへんな事件が起きるのです。金日成主席の突然死です。アメリカのカーター元大統領との対話の後、七月中旬には金泳三《キムヨンサム》韓国大統領との歴史的な南北対話を目前に控えた七月八日に、心臓麻痺で突然亡くなられたのです。

弟（光済）の結婚式（1977 年）

金日成主席の死去は弟の人生を激変させました。後継者の金正日《キムジョンイル》総書記が三年間喪に服したのです。最高指導者の三年間の服喪は国民にとって最悪の悲劇の始まりです。服喪期間中、農民市場等は閉鎖されます。金日成主席が国を指導中は、国民に対する食料の配給は必ず行われましたが、金正日書記が実質指導し出して配給はなくなりました。配給がない状態で農民市場が閉鎖されると食料を手に入れる道が閉ざされます。それでも賢い人は国を頼らないで自分の力で食料を手に入れようと必死に努力するのですが、真面目な人間は党と国が自分たちを見捨てるはずは絶対あり得ないと食料が来るのをただじっと待っていたのです。その結果、日本の報道によると約二〇〇万人の国民が餓死するのです。二〇〇万人という数字には根拠はないと思いますが、かなりの国民が餓死したのは間違いありません。というのも私の親戚が一九九〇年代の最後の時期に餓死したからです。母の二番目の妹のご主人がこの時期に亡くなりました。朝鮮では公的資料は発表されないので正確な餓死者数は全くわかりません。

この時期に亡くなったのは飢えによるものだけではありません。凍死者もかなりの人数になったと思います。朝鮮の気候についてはすでに書いていますが、真冬には零下三〇度ぐらいまで冷え込むといいます。その寒さをしのぐ手段は練炭によるオンドル暖房です。政府はひと冬を越すために国民に毎年石炭を配給していました。粉にした石炭を受け取った国民はそれを練炭にします。ガス、電気がまだ普及していない中で、夏でも練炭でごはんを炊きお湯を沸かします。ところが政府の石炭の配給がストップしたのです。それが原因で山に木がなくなりました。練炭の代わりを求めて山に木を刈りに行ったせいでしょう。昔は南より北のほうが木が生い茂っていたのですが、最近では南のほうが木が生い茂っています。それでも練炭の代わりになるはずはありません。まず山に木があまりありません。あっても木が細く生の木ですから薪には適していないのです。オンドルのない冬に、寒くて凍死者が続出したものだと思います。

弟が大学で「金日成労作研究」という科目を教えていた頃の話です。学生たちの反応が以前とは全く変わってきたそうです。教えと現実の乖離がひどくなってきたからでした。それは教える側の弟も感じていた疑問でもありました。ギャップに悩み始めた弟は教壇を離れることを決意します。社会も以前と違ってきました。以前は革命的な雰囲気一色だったのに、拝金主義的な要素が出てきたそうです。それもそのはずです。以前には無かった外貨ショップ、外貨食堂が出てきたからです。働いてもらったお金では買えないものが出てきたわけです。外貨を持っている者と持っていない者の差が出てきたのです。

弟も日本にいる兄に頼らないで生きていくために外貨稼ぎの道を選びました。最初は、海州に豊富な海産物を中国漁船とバーター貿易を通して中国の商品と交換し、それを売りさばく商売を始めました。この商売もあまりうまくいかないので、朝鮮全国を渡り歩いて金儲けをしようと頑張ったみたいです。二〇年以上やってみたものの結果は惨憺たるものでした。借金だけつくったみたいです。今は海州の家に戻って夫婦仲よく老後を送っているようです。

弟を帰国させたことを私は後悔していません。一時後悔したときもありました。でも日本にいたら、大学も行けずあれぐらい勉強することもなく、むなしい人生を歩んだのではなかったかと思えてならないからです。

弟は良い女性と出会い、五人の子どもに恵まれました。四人の子を大学に送り一人は世界アマチュア囲碁のチャンピオンに育てました。この次女は日本に二度囲碁大会参加のために来ています。一九九八年一一月に第七回横浜相鉄杯世界女子アマチュア囲碁選手権大会で準優勝、二〇〇四年世界ペア囲碁選手権大会で優勝しました。

弟の夢は、祖国が統一してアボジの故郷慶尚北道大邱広域市に戻り、大学の先生をすることです。この夢は、今のところ到底実現が不可能です。そもそも弟の専攻では韓国の大学で教壇に立つことができないからです。ただせめてアボジの故郷に帰る夢が実現することを祈るばかりです。

幼少年時代

一　山口県での生活

一九五一年七月二〇日、山口県美祢市大嶺町桃の木上で生まれた私は、小学校四年一学期の途中まで山口県で過ごしました。

家は上桃の木バス停と下桃の木バス停の中間ぐらいにありました。アボジが村の人たちと一緒に建てた家でした。日が経つにつれて傾いてきたので三本ぐらいの突っ張り棒で支えていました。家は私たちが大阪に引っ越した年の冬に雪の重みでついに倒れてしまったと聞いています。上桃の木から小学校に通う同級生は、みんな私の家の前を通ってました。ぼろ家なので恥ずかしかったです。

小さいころの思い出は、アボジがものすごく怖かったということと、家がすごく貧し

山口県美祢市大嶺町にあった外祖父母の家

かったということです。もう一つは朝鮮人として差別を受けたということです。

朝起きないとアボジに木の棒で殴られました。それと、しょっちゅうアボジ、オモニが喧嘩してオモニがアボジに殴られるのを見て育ちました。

アボジが出稼ぎに行って家にいなかったので、オモニが選炭の仕事をして私たちを育ててくれました。オモニを毎日上桃の木のバス停まで迎えに行きました。朝はバスがないので歩いて出勤するオモニですが、帰りはバスで帰ってきました。私たちのところだけでなく、母親が選炭の仕事に働きに出る家が多く、子どもたちがたくさん出迎えに出ていました。たいていの子どもたちはお菓子とか飴とか食べていました。私と弟は何もありません。子ども心にも何か恥ずかしいのです。それでいつも食べているふりをしました。

私が生まれて一番最初の記憶はオモニの実家でいつの間にやら寝てしまい、目が覚めてオモニを必死にさがしたことです。オモニはこのとき弟をおんぶして豊田前に映画を見に行っていたようです。私はオモニがいなくなったものだと勘違いして、泣きながら村中を探し回ったみたいです。三歳ぐらいのことだったと思います。

また、アボジによくいろいろな家に連れて行かれた記憶もあります。弟がまだ乳のみ子だったので、私を連れて歩いたのでしょう。アボジは友人とお酒を飲んでいるのですが、私は退屈で面白くありませんでした。

弟が三歳ぐらいになると二人でよく遊びました。ある日のことです。弟と家で留守番をしているとお坊さんが来て、家の前で念仏を唱えるのです。怖くて米びつにわずかに残っていた米の中から升一杯分あげてしまいました。夜そのことをオモニに話すとえらく怒られました。米がどんなに大切なものなのか、まだよくわからない歳でした。それからはお坊さんが来るとタンスの後ろに隠れたものです。

またやはり二人で留守番をしていたときのことです。その日は雨が降ってました。家の前の溝の水かさが増してきたので、外へ出て二人で水遊びをしました。すると近所の川平のおばさんが傘をさして目の前に立っているではありませんか。五、六歳の兄と二、三歳の弟の二人兄弟が雨の中、溝に入って遊んでいるので不憫に思ったのでしょう、「お母さんは?」と声をかけてくれました。そのときのおばさんの顔を今でも忘れられません。

学校に行く前の時期の私の仕事はまきを切る、風呂を沸かす、裏山に行って枯れ葉を拾う、家の前のぼた山で炭を拾う、弟の面倒をみるでした。毎日ではないのですが、よくやらされました。全部嫌だったのですが、特に嫌だったのは、裏山で枯れ葉を集めることでした。紙がない頃でしたので、松の枯れ葉とかが紙の代わりでした。枯れ葉がないとご飯も炊けない、風呂も沸かせないのです。家の裏の崖を上がるとバス道があり、その向こう側が山でした。家の真後ろでしたが、森の中に入ると薄暗くて怖かったのです。弟がいると怖くないのですが、一人のときは怖くてたまりませんでした。

木を切る仕事もたいへんな仕事でした。二〇センチぐらいの太さの丸木を五〇センチ間隔で切っていくのです。ノコで切った後は、斧で薪の大きさに割るのです。五歳くらいから小学校四年のときまでやらされました。

冬になると七輪用の炭を取りに行かされます。家の前がぼた山でした。ぼた山とは炭鉱で掘った石炭以外のがれきが捨てられてできた山のことです。石炭が一部残ってるので取りに行くのですが、人工的に作られた山ですから急斜面でした。雪が積もっているときもあり、結構危険でしんどい仕事でした。

トイレは家の外にありました。家から三〇メートルぐらい離れているのです。夜一人ではとても行けません。電気もまだ通っていなかった頃でした。たまにですが、豚の頭が便所の天井にぶら下がっていることもありました。母によるとこれは厄除けだったそうですが、ぶら下がっているときは怖くて一人では絶対行けません。

家で牛、にわとり、犬を飼っていたこともありました。牛はアボジが樵や炭焼きの仕事をしているとき山から荷を運ばせるために飼っていたのです。にわとりは卵を産ませるために飼っていました。にわとりのおかげでたまには卵焼きを食べることができました。にわとりのことで強烈な思い出があります。鶏小屋でにわとりが騒いでいるので行って見ると母鳥と蛇が喧嘩をしていました。母鳥はそのとき卵を抱えていたのです。母は強し、ついに蛇を追っ払いました。感動しました。

小学校一年のときの話です。担任は久保という女の先生でした。授業中におしっこがしたくなって我慢ができなくなりました。手をあげて「先生便所」といえばいいのですが、恥ずかしくていえないのです。ずーっと我慢していたのですが、とうとう限界です。そのまま漏らしてしまいました。すると、後ろの席の子が「あっ水がこぼれてる」と先生にいいました。先生に「どうしたの？」と、とがめられた私は「ここに水の入った瓶があってこぼれた」と嘘をついて誤魔化しました。瓶が見えないのでみんなおかしいなと騒いでいましたが、先生も着替えなさいとはいわないでそのまま放課後まで過ごして帰りました。今、考えても恥ずかしい失敗談です。体質的にトイレが近いので、それからは、早め早めにトイレに行くようにしました。

桃の木小学校１年のとき。担任の久保先生（下から２列目右端）の左に著者

小学校一、二年の担任は女の先生で、三、四年は男の先生でした。三年の担任は火山《ひやま》という先生でした。怒ると顔が真っ赤になるので、「火山（かざん）が爆発した」とみんなでいっていました。授業中お喋りをして火山先生に思いっきりビンタされたことがありま

す。悔しくて授業が終わるまで泣きながらノートに落書きしていました。先生は見て見ぬふりでした。

四年の担任は、藤井先生でした。背も高くかっこいい先生でした。この時も授業中におしゃべりをして先生に思いっきりビンタされました。顔が真っ赤になってヒリヒリしました。また、悔しくて授業が終わるまでノートに落書きをしていました。どうも生まれつきいこじな性格なようです。

四年の体育の授業で生まれて初めてサッカーをしました。このときのサッカーは大変楽しかったです。

小学校は給食が出るので弁当はいりません。ある土曜日のこと、この日は給食がない日なので弁当を持ってくるようにいわれました。放課後に予定があったのでしょう。オモニにいうと、弁当をつくれないので学校が終わってからばあちゃんの家に行って食べるようにといわれました。さあ、昼食の時間です。私は、教室を出て運動場にむかいました。食事の時間を運動場で過ごそうと思ったからです。すると運動場の一番はしっこにあるジャングルジムに、すでに誰かいるではありませんか。「へえ、僕以外に弁当のない子がいるんだ」と思いながらジャングルジムに近づいてみると、なんと弟ではないですか。つまり、全校生で弁当がない子は私ら兄弟だけだったのでした。そういうこともありました。

休みの日はよく魚釣りに行きました。主に川ですが湖に行ったこともあります。お金がないのでいつも歩きでした。一〇キロだろうが二〇キロだろうが歩いて行くのです。昼の弁当はもちろんありません。畑で芋を掘ったりして何とか飢えをしのぎました。釣り道具は家にありましたが、竿は山の竹を切って使いました。

豊田前にもよく遊びに行きました。豊田前は炭鉱村なのですが、すごく、栄えていました。映画館も二か所あったと思います。スーパーマーケットもありました。いろんな店がいっぱいありました。オモニの一番下の弟、私にとって叔父さんですが、よく一緒に遊びました。二歳年上でした。豊田前にも叔父さんとよく遊びに行きました。別に目的があるわけではなく、ぶらぶらするだけでしたが楽しかったのです。その豊田前も一〇年後にはゴーストタウンになってしまいました。炭鉱が閉山になると街が消えてなくなっています。あの賑やかな町が本当に昔、存在したのか、信じられないぐらいです。立派な映画館の建物は残っていましたが、マーケット、病院、店、幼稚園、飯場等、全て消えてなくなりました。

山口にいるとき、一番の楽しみは毎月おばあちゃんの家でマンガを読むことでした。『少年』という雑誌だったと思います。叔父さんたちが漫画好きなので、毎月買っていたようです。「鉄人28号」、「鉄腕アトム」が連載されていました。叔父さんたち三人が見て、その次が兄です。私が見るまでだいぶ待たされますが、毎月『少年』の発売日は、必ず祖父母の家に遊びに行きました。その頃から今まで、マンガは私の生活の一部になっています。

小学校四年の一学期の途中、確か五月頃だったと思いますが、大阪に引っ越すことになりました。アボジが大阪で働いていたので、行くことになったのです。都会というと私が知っている限りでは下関でした。下関には遠足で一度行ったことがありました。それから親戚の叔母ちゃんが下関に嫁いだので何度か遊びに行ったこともありました。大阪は東京の次に大きな街だと聞いていたので引っ越すのが楽しみでした。

最後の登校日。ホームルームが終わると先生が「みなさん、西山君が大阪に行くので今日がお別れの日です。西山君前に出てきなさい」といいました。先生に紹介されて私は、最後のあいさつをしました。学校では「趙」ではなく「西山」を名乗っていました。寂しさよりも楽しみのほうが大きかった私でした。

いよいよ引っ越しの日です。一番上の叔父さんが、オートバイで美祢駅まで送ってくれました。美祢駅から列車に乗って厚狭駅まで行き、厚狭から大阪にむかうのです。もちろんＳＬです。

叔父さんは私たちを乗せた汽車をオートバイで追って伴走しましたが、やがてどんどん引き離されていきました。そして汽車が見えなくなるまでずっと見送ってくれました。

二　転校、朝鮮学校へ

一二時間ぐらい経ってようやく大阪に着きました。駅のホームでアボジが待っていました。大阪から電車に乗り換えて枚方に行きました。枚方駅で降りて歩いて家にむかったのです。周りはみんな高層住宅でした。生まれて初めて見るような立派な建物でした。今考えると、府営住宅か市営住宅だったと思います。私たちもあのような立派な住宅に入れるのかと期待で胸を膨らませました。

アボジの後ろをオモニと弟と私の三人でついて行くのですが、なかなか家に着きません。かなりの距離を歩いたと思います。高層住宅の合間に工事現場が見えました。私はその瞬間、嫌な予感がしました。まさか、あの工事現場に行くのじゃあないのかなと思ったのです。予感は的中でした。どんどん、アボジはその現場にむかって歩いて行くのです。私たちの住む家は飯場でした。山口の家よりもひどかったのです。工事で使う枠で造った家でした。隙間があるので外から中が丸見えです。オモニは早速、四方の壁を全部新聞紙で貼り始めました。外から覗かれないようにするためです。

長旅と汽車の煙で汚れたので風呂に入るのですが、これがまたすごい風呂でした。ドラム缶風呂です。大都会に出てきた初日の経験は一生忘れることのできないものでした。

次の日、オモニに連れられ転校の手続きをしに行きました。枚方小学校です。都会の小学校です。先生も生徒も全部あかぬけて見えました。山口のど田舎とは違ってみんなやさしくしてくれました。

新しい学校生活が始まるものだと思っていたのですが、まさか二週間後に転校するとは夢にも思いませんでした。アボジが現場監督と喧嘩をして飯場から出ることになってしまったのです。次の現場もまだ決まっていません。住吉区にいる遠い親せきを頼って行くことになりました。同じ趙家（西山）です。次の現場が決まるまで学校も行けません。昼は、ザリガニ釣りをして遊びました。山口ではザリガニは見たことがありませんでした。それでこのとき初めてやるザリガニ釣りに夢中になりました。近くの池に行って、ひもにするめの足をつけて池の中に投げると、釣れるわ、釣れるわ、面白いほど釣れました。

一週間ぐらい経ったでしょうか、アボジの次の現場が決まったというので、トラックに乗って、住吉を出発しました。運転席は運転手、アボジ、オモニ、弟でいっぱいです。私は、荷台の布団の上に寝っ転がって、青空を見ながら次の現場、兵庫県明石市にむかいました。二、三時間経ったでしょうか、明石の明石川鉄橋建設現場に到着です。

今度の飯場はプレハブなので壁に新聞紙を貼る必要はありませんでした。ただ、アルミ製だったので、夏はすごく暑かったです。アボジは、明石川に国鉄の橋を架ける仕事に就き、オモニは飯場の飯炊きを始めました。

次の日、弟と一緒にオモニに連れられて新しい小学校に行きました。明石市立王子小学校です。転校手続きも無事に済み、次の日から学校に通いました。一九六一年五月頃だったと思います。

生まれてからこの日まで民族差別は日常茶飯事でしたが、学校で担任の口から朝鮮を蔑視する話を聞いたのはこのときが初めてでした。私が朝鮮人というのを知ってか知らずか、わかりませんが、朝鮮人を馬鹿にした話を担任の先生がしたことを今でも覚えています。朝鮮人は不潔で汚い、野蛮な民族だとかそんな話でした。ですから王子小学校での生活は楽しいものではありませんでした。「西山」で通っていたのでクラスメートは、私が朝鮮人だとは知らなかったと思いますが、「朝鮮」という言葉が出るたびに嫌な気分になったものです。

学校生活は楽しくありませんでしたが、明石での生活は大変楽しかったです。明石に引っ越して間がない六月頃のことだと思います。大雨が降って明石川が氾濫したのです。山口にいたときは洪水など経験したことがなかったので驚きました。明石川の真横が飯場だったので洪水をもろに受けたわけです。畳も全部水浸しで飯場の二階に避難しました。人命被害はなかったと思いますが、明石川流域は水浸しになりました。家の周りまで魚がいっぱい泳いでいました。大人たちは魚を取っていました。二、三日で水ははけましたが、畳を乾かしたり家の掃除でたいへんだったと記憶しています。一段落して川を見に行ったのですが、まだまだ水の勢いがすごかったので怖かったです。

夏になると海が近いので毎日のように泳ぎに行きました。最初のうちは泳げないので水遊びです。毎日歩いて海に行くのですが、帰りにアイスキャンデーを食べながら弟と帰りました。楽しい思い出です。私はいつの間にか泳げるようになりました。

泳げるようになると今度は魚を取ろうという意欲が出てきました。水中メガネを買ってもらいモリも買って、魚を取ったものです。カレイだったと思います。砂の中に隠れているのでよく見ないとわかりません。たいへん面白かったです。夏は海だけではありません。明石公園に行ってセミを取るのも面白かったです。明石は海あり、川あり、公園あり、大変良い所でした。

明石川の橋を架ける工事も終わりが近づいてきました。アボジは今後どうするか悩み始めました。工事現場をあっちこっち行くのでは、子どもの教育上よくないということで、明石に住んでいる同じ咸安《ハマン》趙氏のおじさんを頼ってそのおじさんの家を借りて住むことになりました。学校も明石朝鮮初級学校に編入することになったのです。小学校五年のときです。

学校は私たちの家から一〇分ぐらいの所にありました。明石市立船上小学校の分校ということでした。一九四八年、日本政府は朝鮮学校閉鎖令を出し、全ての朝鮮学校は閉鎖に追い込まれました。明石はその後完全な自主学校になるのですが、私が編入した当時はまだ日本の分校でした。校舎も明石市のものだったと思います。先生も半分は朝鮮人、半分は日本人でした。校長先生が二人いるのです。授業も日本の科目は日本の先生が担当しました。

朝鮮学校は素晴らしい学校でした。今まで日本人の中で小さくなっていたのですが、みんな朝鮮人なのでのびのびできるようになったのです。キムチの入った弁当を持っていくこともできるし、キムチを食べて学校に行くこともできるのです。日本の学校に行くときは、いろいろと気を使いますが、そういう心配がなくなったのです。多数の中の少数から多数の中の多数になったのです。友だちも王子小学校では一人もできなかったのですが、朝鮮学校に入ってみんな仲よくなりました。山口ではそうでもなかったのですが、王子小学校ではドッジボール遊びのときも、一度ボールを当てられて外に出ると、二度と指名してもらえなかったのです。悔しい思い出です。

よく遊びました。学校が楽しくて楽しくてたまらなかったのです。どういう遊びをしたかというと、まずサッカーです。サッカーはとても盛んでした。私は桃の木小学校の授業では一度しかやったことがありませんでした。朝鮮学校では六年になるとサッカー部のレギュラーになり試合に出ることができたので、うれしくて楽しくてたまりませんでした。もちろん生徒数が少ないという事情もあったでしょう。小学校の五年から中学校の三年までサッカーを続けました。今でもサッカーは大好きです。

小学校五年から朝鮮学校に入ったため朝鮮語がわからなくて最初は苦労しました。でも担任の先生が親切な先生で、放課後に特別指導を受け、短い期間に朝鮮語を読み書きできるようになりました。担任の先生の名前は確か任《イム》先生といったと思います。双子の子どもがいて、その子どもたちを見ながら私に朝鮮語を教えてくれました。先生のご主人も総連の専任の活動家で生活は苦しかったと思いますが、よくおやつを出してくれました。先生の家は学校の中にありました。最初は総連支部の隣の一間の部屋でしたが、学校が自主学校になってからは職員室の隣に部屋を増築してそこに住まわれるようになりました。クラスの全生徒が先生の部屋に泊めてもらって試験勉強の猛特訓を受けた記憶があります。双子の子どもも大変可愛かったです。私が小学校六年のときに先生の一家は北朝鮮に帰国しました。もう一度お会いしたかったのですが、探す手段がなくてお会いできませんでした。

朝鮮学校に編入学してまだ間がない頃のことです。私たちが家を借りている趙おじさんの家は私たちの家の真ん前でした。趙おじさんには私と弟と同い年の兄弟がいました。私たちはそれぞれ同級生ということで毎日一緒に学校に通いました。ある日のこと、学校をさぼって近くの原っぱに四人で遊びに行ったことがありました。夕方近くまで遊んで家に帰ることになったのですが、その頃になると自分たちがしたことが大変悪いことだということがわかってきました。私たちはおじさんの家の裏に隠れていたのですが、オモニが探しに来て見つかってしまいました。学校をさぼったことはすでにばれていました。鬼より怖いアボジでしたので殺されると思いました。でもなぜか不思議なことに怒られただけで済みました。

小学校五年のときに新聞配達のアルバイトをしました。勉強机が欲しかったのです。勉強は好きではありませんが、宿題をいつもちゃぶ台でしていたので、机があればいいなあと思っていました。アボジ、オモニに買ってくれといえなかったので、自分でアルバイトして買おうと思ったのです。何か月アルバイトしたのか覚えていませんが、そのお金で三千円の椅子付きの机を買いました。高校三年までその机で勉強しました。

六年の担任も女の先生でした。まだ若い先生だったと思います。それで私たちはよく騒いでいました。廊下で遊んでいるところを校長先生に見つかり、少年団室に連れて行かれました。校長先生に一人ずつ丸太でふくらはぎを思いっきり殴られるのです。日本の学校でビンタされたことはありましたが、太い木でふくらはぎを殴られたことは家でも経験のないことです。本当に肝っ玉がちぢみ上がりました。私の番がやってきました。「ジョンジェ、お前もか」といわれた瞬間、「いいえ違います」と弁解してしまいました。卑怯でしたが、殴られた友だちの姿を見ていたら怖くてとっさに出た言葉でした。ふくらはぎが最初は真っ赤になりそのうち真っ青になるのです。私が編入生だということと、あまりに恐怖におののいていたからか、校長先生の折檻はそれで終わりました。

六年のときの思い出はもう一つあります。サッカー大会で県三位に入ったことです。兵庫県朝鮮初級学校サッカー大会は年に一度開催されます。五年のときは試合に出られませんでしたが、六年のときは試合に出たのでこのときのことをよく覚えています。兵庫県にはその当時一〇校以上の朝鮮初級学校があり、サッカーレベルも高かったのです。その兵庫県で準決勝に進出し優勝候補の東神戸朝鮮初級学校と対戦しました。相手は背も高く、技術も私たちより数段高いチームでした。私たちはとても勝てないと思い、引き分け作戦をとりました。全員防御で点を取られないようにしたのです。でも駄目でした。一点か二点取られたと思います。三位決定戦は勝ちました。私のポジションは右のハーフでした。今でいうミッドフィルダーです。優勝したのは準決勝の相手、東神戸朝鮮初級学校でした。二位が西神戸朝鮮初級学校でした。一位から三位までがそのまま同じ中級学校（中学）に進みます。良い思い出です。

明石に引っ越しても毎年のように家族で祖父母の家に遊びに行きました。明石駅から汽車に乗って厚狭駅まで行き美祢線に乗り換えて南大嶺に行きます。そこから大嶺線に乗り換えて大嶺駅。大嶺駅から今度はバスに乗り換えて下桃の木で降ります。下桃の木のバス停から祖父母の家が見えました。バスを降りたら走って祖父母の家にむかったものです。玄関の戸をあけて「おばあちゃん！」と呼ぶと、おばあちゃんが「おお来たか」といつも迎えてくれました。毎年田舎に行くのが楽しみでした。

小学校五年か六年のときに、家に初めてテレビが入りました。アボジが買ったのです。山口にいるときも炭鉱の社長の家以外はテレビがありませんでした。あと上桃の木でテレビがあるのは同級生の川平君の家でした。川平君のお母さんは優しい方だったので、月光仮面が放映されるときは見せてくれました。村の子どもたちはその日ほとんど川平君の家に集まったものです。明石に行ったときは、もうほとんどの家にテレビがありました。一番の人気番組はプロレスでした。アボジもプロレスが大好きでした。力道山の大々ファンでした。それで買ったのだと思います。

小学校五年生になるとオモニはおやつを出してくれるようになりました。私が要求したからだと思います。お菓子を三時に出してくれるのですが、歯を磨く習慣が無かったせいかいっぺんに虫歯になってしまいました。虫歯になり痛くて痛くてたまりません。歯医者に連れて行ってもらったのですが、辛かったです。それで歯を磨くようになりましたが、一日一回しか磨かなかったからか、また虫歯になるのです。どういうわけだか、歯医者の先生は治療が終わると必ず飴をくれました。今歯が二四本残っていますが、まともな歯は数本しかありません。

一九六四年春、神戸朝鮮中高級学校に進学しました。この学校は国鉄山陽線垂水駅から歩いて二〇分ぐらいの所にありました。山の上に建てた学校です。教室の窓から明石海峡、淡路島が見えて景色は抜群でした。

神戸朝鮮中級学校は東神戸、西神戸、明石、西脇初級学校の卒業生が進学する学校です。サッカー部は全国レベルの学校でした。一学年に三クラス。担任はまたしても女の先生でした。三年続けてです。四つの学校から集まってくるので小学校とは全く違う雰囲気でした。喧嘩もあるし、いじめもありました。先生も大学卒業したての新米でした。生徒がいうことを聞かないので、一学期の途中で男の先生と交代させられました。

中学一年なのに、背も高く大人みたいな同級生が結構いました。外国語の授業は選択制で英語班とロシア語班に分かれていました。一、二組が英語班で三組がロシア語班です。私は英語を選択したので一組でした。授業も難しくなりました。特に英語はさっぱりついて行けません。一年の一学期でギブアップです。朝鮮学校より日本学校がいいと思うようになったのは特に英語のせいだったと思います。まず教科書が全く違います。日本の高校に行って知ったのですが、日本の教科書は字も大きく印刷もきれいにできているのに、朝鮮学校の英語の教科書はロシアの国の教科書をコピーしたような代物でした。教科書を見たとたん、やる気がなくなりました。

三　林君との出会い

　小学校のときのような家庭的な雰囲気はありませんでしたが、新しい友だちはできました。二組の林永奉《リンヨンボン》君です。彼は私の生涯の親友になるのです。私は小さい頃から漫画が大好きでした。見るだけではなく書くことも大好きでした。兄も絵を描くのが上手でした。家には絵でもらった表彰状がいっぱいありました。私も桃の木小学校にいたとき、絵で何度か表彰されました。私のうわさを聞いて、隣のクラスの林君が会いに来ました。それからとても仲よくなりました。遠足のときの話です。私はクラスの子ともなじめず、先生もあまり好きになれない上、家にお金もないので遠足に行かないといいました。すると林君は「全部僕が準備するから、絶対遠足に行こう」というではありませんか。その気持ちがうれしくてオモニに参加費だけもらって遠足に行きました。林君は弁当、おやつ等全く自分と同じものを二人分持ってきてくれました。感動しました。それから彼とは本当に仲よくなりました。彼の家も私と同じ土方の家です。決して裕福ではありませんでした。

　クラブ活動は絵を描くのが好きだったので、最初美術部に入りました。でもクラブ活動の内容が気に入らなくてすぐやめてしまいました。毎日のようにカナリア作りをやらされるのです。粘土を取りに行って粘土を練ってカナリアを作るのですが、非常に地味な作

生涯の親友、林永奉君
（1966 年、中学 3 年のとき）

業です。私は絵を描くのは好きでしたが、工作とかは苦手でした。授業が終わって帰るときに運動場でサッカー部が練習するのを見て、やっぱりサッカー部に入ることにしました。

サッカー部の練習は予想よりも厳しいものでした。全国レベルだと聞いていたので、自信がなくて最初躊躇したのですが、やっぱり私にはついて行くのが難しかったです。特に高校生と一緒にやるランニングは死ぬ苦しみでした。筋肉トレーニングなんかやったことがない私にとって、腹筋、腕立て伏せ、スクワット、うさぎ跳び、のろがめ等々とてもつらい鍛練でした。ボールを蹴る練習よりもフィジカルトレーニングが多かったのです。サッカー部の練習は大変つらいものでしたが、サッカーを三年続けたおかげで私の基礎体力はつくられたと思います。日曜日も練習があったので、サッカー漬けの毎日でした。

夏に県大会、冬に全国大会がありました。夏の県大会は当然優勝でした。兵庫県に中学校が三つありました。神戸と尼崎、西播です。神戸だけが高校と併設で、後の二校は中学だけの単設でした。全国大会は、東京の小平にある朝鮮大学の運動場で行われました。この年、生まれて初めて東京に行きました。一九六四年の東京オリンピックがあった年です。毎年全国大会は秋に行われていましたが、この年はオリンピックのせいで冬にずれたのだと思います。朝鮮大学校が朝鮮代表の宿舎になったため、オリンピックが終わるまで大学を使えなかったのです。ただ残念なことに、このときのオリンピックを朝鮮代表はボイコットしました。なぜなら女子二〇〇メートル、四〇〇メートルの世界記録保持者の辛錦丹《シングンタン》選手が出場停止とされたからです。朝鮮代表はこのことに抗議し、結果的にボイコットとなったのでした。

私たちは特急こだまに乗って夜行で一〇時間かけて東京に着いたと思います。座席に座って夜行で行くので大変疲れました。東京タワーが見えたときはみんな歓声をあげました。

このときの全国大会では準決勝に進出しました。ゴールが規定よりも小さくてなかなか点が入りません。大学の運動場を二つに分けて試合をやったせいだと思われます。ハンドボールのゴールだったようです。ＰＫ戦にもつれ込んで負けました。三位決定戦もＰＫ戦となりましたが、なんとか勝ちました。中一のときが三位で、中二のときに悲願の優勝でした。中三のときは、史上最強でしたが、決勝で負けて準優勝でした。


中学に上がる頃に、趙叔父さんの家を出て民間のアパートに引っ越しました。二年間ただで借りていたのでそろそろ出て行ってくれといわれたようです。

中一の担任は最初チェ・ギョンエという女の先生でしたが、途中、金正一《キムジョンイル》という男の先生に代わりました。朝鮮の労働党総書記と同姓同名です。漢字の最後の字が違うだけです。担任の先生は一で、総書記は日です。ハングルの読みでは一も日も同じ「イル」です。朝鮮に代表団で行ったとき、確か一九七〇年代の中ごろだったと思います、名前を変えるようにいわれて、金忠一《キムチュンイル》に変えました。

中学一年の二学期だったと思います。オモニが「もうこれ以上どうしても我慢できないので家を出ようと思う、お前はどう思うか」と、聞いてきました。私は、オモニが昔からアボジの暴力と圧政に苦しんでいるのを見て育ったので、「出たほうがいいよ」といいました。

そしてある日、学校から帰ってきたらオモニはいなくなっていました。アボジは不機嫌でした。その日から私がご飯を炊き、掃除、洗濯とオモニの代わりをやることになりました。まだ、洗濯機が無かったので、寒い冬は洗濯が一番辛かったです。共同便所と共同洗い場のアパートでした。共同洗い場で夜洗濯をしていたら隣のおばさんが代わりにしてくれるときもありました。ありがたかったです。アボジはオモニを探していましたが、手掛かりがありません。学校に持っていく弁当も私が弟の分も一緒に作るのですが、いつもおかずはキムチだけでした。そんなある日、休みの日だったと思います、お昼に近くのうどん屋に食べに行きました。ところがうどんを頼んで椅子に座っていると、頭がぼーとしてきて、そのまま倒れてしまったのです。そのまま病院に運び込まれました。診断結果は、水ぼうそうでした。家で目が覚めると誰かが料理をしているではありませんか。後姿を見るとオモニではありません。最近伊丹から明石に引っ越してきた叔母（通称名を「中島」といっていて、いつも「中島の叔母さん」と呼んでました）でした。オモニの三番目の妹です。久しぶりに家庭料理を食べました。叔母は料理がとても上手でした。その叔母の話では、どうやらオモニは山口の実家にいるらしいのです。私はとうとう我慢ができなくて、オモニに手紙を書きました。つらいので帰ってきてほしいと。アボジもオモニの居所がわかったみたいで、すぐ迎えに行きました。オモニがやっと帰ってきました。オモニのありがたさが身にしみました。アボジとオモニの仲は以前より少しよくなったみたいでした。

オモニが帰ってきて、平穏な日が続いていたある日のことです。朝、オモニが起きられないのです。アボジがオモニをおんぶして私と一緒に病院に行き、弟は近くに住んでいる大原のおじさんに知らせに行きました。弟はオモニが死んだと言ったそうです。慌てて大原夫婦が病院に飛んできました。オモニはただの貧血ということでした。

私の家に遊びに来たいとこはあまりいません。叔父、叔母たちは大体来ましたが、いとこはアボジがアボジなので私の家には近寄らなかったのです。いとこたちの中で私の家に遊びに来たのは、中島の長女、静江ちゃんとオモニのすぐ下の叔母の次男、金太一君だけです。静江ちゃんも小学校の時一度来たきりでした。

中島の叔母が明石に来たのでよく遊びに行ったものです。子どもが五人もいたのに嫌な顔一つせずに家では食べられないおかずを出してくれました。

中島の叔父さんは焼き芋屋さんを始めました。アボジも冬は土方をやめて叔父さんの焼き芋屋を手伝いました。私も日曜日クラブ活動のない日は焼き芋屋を手伝わされました。リヤカーに焼き芋の機械を積んであっちこっち行って焼き芋を売るのです。一日何十キロも歩かなければなりません。上り坂、下り坂、山あり谷ありです。足が棒になりました。でも、一日千円くれるので部活の休みの日曜日にはアボジについて焼き芋売りに行きました。山陽電鉄の西新町駅の近くから明石駅、舞子駅、舞子公園駅、塩屋駅、垂水駅までの区間をリヤカーを押しながら歩きました。垂水は山だらけです。山道を上がるときは疲れるので途中何度も止まり、そのたびに私がタイヤ止めの薪を置きながら登って行くのです。登りはそれでも安全ですが、下りが怖いのです。ブレーキがないので大変でした。アボジは芋が全部売れるまでは、絶対に帰りません。ようやく全部売れたときにはあたりはもうすっかり暗くなっています。国道二号線を垂水から家に向かって帰る途中のことでした。雨が降り出し、強風が吹き出しました。アボジが私を呼んでリヤカーの前にある芋を入れる「かごの中に入れ」というのでいうとおりにしました。アボジは私が濡れないようにござをかぶせてくれました。まだ四四歳の若さで力も強いアボジでしたが、雨風が強いのでさすがにふらふらでした。

　私はそのときまでアボジの愛を感じたことが一度もありません、アボジには殴られた、叱られた記憶しかなかったのです。ござの隙間からふらふらしながらリヤカーを引っ張っていくアボジの姿を見ながら、なぜか涙が溢れてしょうがありません、この人が本当に私のアボジなのだなあと初めて感じた瞬間でした。

中一の三学期の期末試験の時でした。試験が終わっていつも行く校舎の外階段の二階の踊り場でのことです。その踊り場は南側で日当たりがいいせいか、よくみんなが集まる場所でした。ただ入ってはいけない場所でもありました。ロープで遮ってあり「出入り禁止」の札がぶら下がっていたのです。私はチャイムが鳴ったので外の景色を見ながら踊り場から階段を下り始めました。下を見ていませんでした。ところが階段は途中の一段が壊れてなくなっていたのです。案の定、足を踏み外しかなり高い所から落ちてしまいました。このとき頭と肩を強くぶつけました。意識はあったので痛くて大泣きです。学校の車で近くの個人病院に運ばれました。肩の骨が折れているのでここでは対処できない、大きな病院に運ぶようにいわれ、明石市民病院に運び込まれました。二か月ぐらい入院したと思います。卒業式、終業式、入学式、始業式、全て参加できませんでした。折れた骨と骨が重なっていました。その重なった骨を外すために左の腕の関節部分にドリルで穴をあけて、鉄棒を入れ鉄棒にひもをつけて、錘《おもり》で引っ張る手術をしました。ところが長い間引っ張っても骨と骨は重なったままでした。慌てた医者は私に麻酔をかけて、物理的方法でひっついた骨をはがそうとしたのです。私は麻酔で意識が無かったので、後で聞いた話ですが、看護婦さんが四人で私の足を抑えていたのに「痛ーい」といって足を思いきりけり上げたので、四人の看護婦さんは、みんな、吹っ飛んでしまったらしいです。相当痛かったのでしょう。重なってひっついた骨を物理的な力ではがして折れた骨と骨をつけてまた固定するまで入院は延長されました。入院期間担任の先生は一度も見舞いに来なかったと思います。記憶が全くありません。クラスの友だちも来た記憶がありません。見舞いに来たのは小学校の同級生と弟の女の同級生でした。それから母の田舎から一番下の弟の叔父さんが来てくれました。入院中オモニが病院の前にある貸本屋から漫画を借りてきてくれました。白土三平先生の「影丸伝」が一番面白かったことを覚えています。「サスケ」という漫画が雑誌に連載されていて、白土三平先生のファンだったのですが、「影丸伝」のことは、それまで全く知りませんでした。

無事退院して学校に行きました。すでに一学期は始まっていました。教室は、本館の二階の西端の教室でした。二年一組で担任は梁相彦《リャンサンオン》先生です。リャン先生は、代数課目を担当しました。

体が回復すると、すぐクラブ活動に復帰しました。サッカー漬けの生活が始まります。夏休みの県大会で楽々優勝し、九月の初旬に全国大会に臨みました。サッカーの全国大会の優勝の常連校は東京朝鮮中高級学校でした。私の記憶では、大会が始まって今まで一度も優勝を他校に譲ったことがありませんでした。私たちは「打倒東京中学」で燃えていました。ところが打倒目標の東京が決勝に進んでこなかったのです。神戸は順当に決勝まで勝ち上がって行きました。決勝の相手はなんと同じ関西勢の中大阪朝鮮中学校でした。確か二対〇で勝ったと思います。ワンサイドゲームでした。永年東京朝鮮中学校が独占してきた全国優勝をついに勝ち取ったのでした。

全国大会が終わると中三も引退し、私たち中二が主役になります。中二の冬休みのことです。この冬休みは特別に合宿がありました。総連中央から高校のサッカー部に対して特別指導をするよう指示があったようです。私たちの学校にもコーチを派遣して来ました。在日朝鮮蹴球団（一九六一年創立、現在は「FCコリア」）のキャプテンをしていた金明植《キムミョンシク》さんがコーチとしてやってきたのです。この時期サッカー界では、新しい動きがあったのです。今までは五・三・二・一システムで、どこのチームもサッカーをしていたのですが、四・二・四・一システムが新たに導入されたのでした。その新しいシステムを全国の朝鮮高校のサッカー部に取り入れるための指導でした。中学が併設されている学校は、ついでに中学のサッカー部も一緒に練習することになったみたいです。朝鮮蹴球団はこの当時日本の実業団のサッカーチームの中でも一番強いチームでした。日本の実業団チームとの試合を見に行ったことがありますが、負けたことがありませんでした。彼らは朝銀信用組合の職員ということになっていましたが、実際はサッカーだけに専念していたチームです。つまり実質プロともいえます。金明植さんはそのチームのキャプテンですから、レベルがすごく高かったのです。この合宿で新しい四・二・四システムを身につけることができました。私はそれまでハーフでしたが、新しいシステムではバックスを任されることになりました。二年間補欠でしたが、やっとレギュラーになれました。

つらい練習に二年間耐えてやっと試合に出られるようになったのですが、私はサッカー部をやめることにしました。進学のためです。

高校は日本の高校に行くことにしたのです。私の夢は小学校まではプロ野球の選手でした。中学になって野球よりもサッカーに夢中になり、いつの間にか将来の夢が変わりました。まだプロのサッカーチームが無かった時代でしたので、サッカー選手になりたいと思ったことはありません。漫画を読むことや描くことが大好きでした。親友になった林君と「将来漫画家になろうぜ」と誓い合っていました。目標は手塚治虫先生です。手塚治虫先生のような偉大な漫画家になるには一流の大学に行かないと駄目だと思ったのです。一流の大学に行くには日本の高校に行かなければいけない、朝鮮の高校に行ったら不可能だと思ったのです。中二の三学期でした。新しいキャプテンになった金君にそのことをいいました。金君は大変怒りました。全国大会二連覇がかかっていたので、プレッシャーが大きかったのでしょう。優勝チームから三年生が抜けても主力がほとんど残ったので、二連覇の可能性は高かったのです。私のポジションは左のサイドバックでした。抜けたら痛かったのでしょう。放課後に金君から呼び出しがありました。落とし前をつけるといわれて、金君から暴行を受けました。他に三人ぐらい連れて来ていました。私も将来の夢のためだから、少々殴られてもしょうがないかと、あきらめて好きなようにさせました。サッカー部とこれでお別れです。

中三になると、西神戸から来た友だちと別れることになりました。西神戸朝鮮初級学校に中学が併設されることになったからです。中一のときから同じクラスで好きな子がいました。朴という名前の子です。顔がきれいで、優しく、おしとやかで頭がいい子でした。別れることになったので、告るかどうするか悩みました。冬休みの合宿が終わって、彼女にラブレターを書きました。生まれて初めてのラブレターです。ラブレターをポストに入れて後悔しました。とんでもないことをしたのではないかと。三学期が始まりました。学校に行って彼女に会うのが辛かったです。顔を見ないようにしていました。どのくらい経ったのでしょう。休み時間に隣の女の子が突然「ジョンジェ聞いたよ」といいながらニヤニヤ笑うのです。私は心臓が飛び出しそうでした。変な手紙を書いて悪かったと彼女に謝ってくれと頼みました。すると意外にも彼女もまんざらじゃないみたいだよというではありませんか。世界が明るくなりました。それから約三年彼女と付き合いました。付き合うといっても大したことはありません。デートしたことすら一度もありませんでした。

楽しい思い出は一回あります。彼女の友だちから彼女もまんざらじゃないと聞いてすぐ家に遊びに行きました。日曜日のことです。新長田駅で降りて住所を見ながら彼女の家を探しました。一〇時頃だと思います。突然訪ねて行った私を見て、彼女はびっくりしていました。オモニと弟が二人いました。炬燵に入ってトランプ遊びをしました。負けたら負けた人が負けた順に炬燵の上に手を重ねておいて勝った人が叩くというルールでやりました。もちろん私が決めたルールです。正々堂々と彼女の手をさわれるからです。彼女の手の上に私の手を載せる瞬間がやってきました。思わず顔が崩れました。にやけてしまいました。オモニも弟二人もいやらしい奴だと思ったでしょう。昼にはオモニが餅を出してくれました。楽しい時間を過ごし帰りました。女の子との数少ない、いい思い出です。

三学期のある日、何時間目の授業が終わって、教室にいると担任の先生から職員室に来るよう呼び出しがありました。兄のことですぐ家に帰るようにと、家から連絡があったとのことでした。兄は私が小学校五年のとき、明石川鉄橋建設現場の飯場に来たとき以来、ずっと会っていません。消息不明でした。慌てて家に帰りました。オモニの話によると兄は警察に捕まって大阪の拘置所にいるとのことでした。アボジ、オモニが面会に行ったようです。裁判があり、執行猶予で出てきました。はっきり覚えていないのですが、中二の終わりか、中三になってからか、兄が家に帰ってきました。二Kのアパートに住んでいたので、おそらく中二の終わり頃だと思います。

一緒に住むには狭いので、一階の二DKの部屋に移ることになりました。トイレも水洗ではないものの一応あって風呂もありました。山口以来の家族全員の集合です。

中三になりました。高校受験と漫画道を突っ走る覚悟でした。担任は金淳喆《キムスンチョル》先生です。金先生はまだ若い先生でした。担当課目は物理と化学でした。一度授業中におしゃべりをしていてビンタを喰らったことがあります。

高校受験に全力投球をする予定でしたが、また邪魔が入りました。同じクラスで級長もしていました。サッカー部の副キャプテンにちょっと話があるといわれました。私が練習に出てこないので、おかしいなと思っていたら、辞めたと聞いた、全く知らなかった、私が抜けると県予選突破も難しいし全国大会二連覇なんかとても無理だ、是非戻ってきてほしい……大体こんな内容の話でした。キャプテンは辞めないで欲しいという話はなく、ただ退部制裁があっただけだったのに、副キャプテンは辞めないで是非戻ってきて欲しいということで私も困りました。でも哀願する金君を見てると嫌だとはとてもいえません、結局続けることになりました。

あの制裁は一体何だったのか。次の日から練習に参加しました。キャプテンは何もいいませんでした。

夏休みに行われた県予選で順当に勝ち上がり全国大会出場が決まりました。九月の初旬東京駒沢競技場で全国大会が開催されました。中一のときは、朝鮮大学の運動場でやったのですが、中二からは駒沢になりました。試合は全てワンサイドゲームでした。私たちのチームが、ずば抜けていました。決勝は東京朝鮮第七中学とやることになりました。全国大会初出場の学校です。試合はほとんど敵陣で行われました。敵の攻撃がないので、キーパーも退屈でした。ところが油断大敵です。キーパーがかなり前に出ていたそのすきに相手チームのロングシュートが放たれたのです。ボールはキーパーの頭上を超えてゴールに突き刺さりました。今大会初めての失点でした。データは残っていませんが、私たちのシュートは三〇本以上で、敵のシュートは一本だけだったと思います。でも負けは負けです。一対〇で負けて準優勝でした。中一のときが三位で、中二のときに優勝、最後が準優勝でした。サッカー部を三年間最後まで続けて良かったと思いました。

全国大会の全試合に監督は私を出してくれませんでした。県予選は出場したのに全国大会は試合に出られなかったのです。三年間ほとんど話をした記憶がありません。あったのは命令と指示だけだったと思います。他の生徒とはよく話をしていましたし、細かい指導もしていたのですが。監督と私は最初から相性が合わなかったようです。

帰りの電車の中で監督は二つ私たちに謝りました。一つは決勝の前日の夜、リポビタンDを飲ませたこと、もう一つはジョンジェを試合に出さなかったことでした。寝る前にリポビタンDを飲ませたので決勝のとき、今一つ動きがよくなかった。負けたのはそのせいだといいました。私は内心で運が悪かったこと、それと私が出なかったからだと思いました。

二学期から高校受験に全力を傾け注ぎました。志望校は兵庫県立東播工業高校です。

なぜ工業高校なのかというと叔父の影響でした。一番下の叔父とは歳が二つしか違わないので幼い時から兄弟のように育ちました。叔父は山口県立美祢工業高校機械科に在学していました。それで私も工業高校の機械科を志望したのです。

内申書を書いてくれるよう担任の先生にお願いに行きました。ところが先生は朝鮮高校に進学しろの一点張りです。結局内申書は書いてくれませんでした。やむなく一年間浪人することにしました。

青年時代（一九六七〜一九七五）

一　高校浪人

中学を卒業すると新聞店に就職しました。オモニの友だちの紹介でした。朝三時に起きて新聞店に行き、朝刊紙の中に広告を入れてから自分の担当地域の配達に行きます。小学校以来の新聞配達でした。朝の配達が終わると喫茶店で朝のミーティング。午後は三時にふたたび出社です。今度は夕刊紙の配達に行きます。終われば次の日の朝刊に入れる広告の準備作業をします。たまに仕事の終わりに、お好み焼き屋に連れて行ってくれました。給料は一か月一万五千円でした。

勉強は午前一〇時から午後二時と夜八時から一〇時の間にやることにしました。アドバイスしてくれる人もなく能率的ではなかったと思います。一人で黙々とやるしかありませんでした。一〇月までこういう形で勉強し一一月に林君の家に居候させてもらって年末まで二か月勉強しました。私の家は狭い上にアボジが毎日スポーツ番組をテレビで見ていて到底勉強に集中できるような環境がなかったからです。林君の家にいるときにも継続して新聞配達を続けていました。知らない街で寒い冬に新聞配達をするのは楽なことではありません、お金が欲しかったからです。その給金で弟の机を買ってやりました。親もいるし、兄もいるのに、何故私が弟の机を買わないといけなかったのか、今でもよくわかりません。中学になった弟に机が無かったのを、不憫に思ったからでしょうか。

一九六八年の正月を迎え、山口の祖父母の家に勉強しに行きました。叔父に教わるためです。最後の追い込みを叔父の指導のもとでやることにしたのです。約一か月間叔父の指導を受け、家に帰りました。

高校受験の日がやってきました。内申書をもらうため朝鮮中学に行きました。今度は簡単に出してくれました。試験は大体よくできたのですが、どうしても英語だけが駄目でした。英語だけは独学でどうにかなるものではなかったのでした。案の定、試験結果は駄目でした。二、三か所受ければ良かったのに一か所だけしか受けなかったので、途方にくれました。いろいろ調べてみたところ、兵庫県立錦城高等学校の試験がまだあるということがわかりました。すぐ受験手続きを済ませ受験することになりました。定時制高校なのでまだ間に合い、なんとか合格することができました。錦城高校に入れなかったら、また一年浪人するしかありませんでした。結果的には工業高校に入れなくてよかったと思います。もし仮に工業高校に入っていれば、その後の私の人生はずいぶん違っていたでしょう。

浪人中に車の免許を取っていました。七月二〇日の一六歳の誕生日がくると、すぐ軽自動車の免許を取りに行ったのです。自動車学校なんか行きません、そんな金などないからです。ぶっつけ本番でした。小学校の運動場で少しばかり練習してすぐ試験を受けに行きました。まず、学科試験を受けて合格したら実地試験です。何回も受けたのですが、落ちました。九回目か一〇回目だったと思います、やっと、合格させてくれました。免許を取るとすぐ車を買いました。中古車です。マツダN三六〇という車種でした。この車に乗って後で事故に遭うのです。原付のバイクも買いました。新聞配達に必要だったからです。

二 マルクス主義への目覚め

錦城高校に入学して本当に良かったと思いました。授業もわかりやすく面白いし、担任の先生もとても良い先生でした。本名で通ったので、民族差別もなくみんな良い人たちでした。友だちもできました。

仕事はクラスの友だちに紹介してもらって最初溶接の仕事につきました。ところがとても仕事が辛く、長く続きませんでした。次に紹介してもらったのは、自動車整備の仕事でした。白いつなぎの制服をもらって、颯爽とバイクで出勤しました。仕事の内容は、オイル交換、パンクの修理等でした。不器用な私はへまばかりしました。オイル交換しろといわれて、車のオイルを抜くとき栓をしてからオイルを入れなければいけないのに、栓をしないままオイルを入れてしまったことがありました。また、タイヤのパンク修理のためチューブを取り出す作業を命じられるのですが、これもなかなかできませんでした。「もういい」といわれてしまいました。そうこうしているうちに、社長から「もう来ないでいい」とくびをいい渡されてしまいました。さすがに人のいい友だちももう仕事を紹介してくれません、失業です。新聞店に戻るのも嫌ですし、しょうがないので、アボジの仕事をやることにしました。一番したくない仕事が土方でした。

整備の仕事を解雇されて土方を始めるまで仕事がなかなか見つかりませんでした。弟が中三になってサッカー部のキャプテンを任されるようになり、弟に頼まれボランティアで衣川中学のサッカー部のコーチをすることになりました。高校に登校する前の二時間です。明石市中学校サッカー大会まで指導しました。決勝までいったのですが、ライバルの大久保中学校に負けました。県大会には出られないと思っていたところ、大久保中学校が出場を辞退したため急きょ衣川中学が県大会に出られることになりました。

県大会では準決勝まで勝ち上がりました。準決勝で惜しくも敗退し、三位決定戦は行わないということで、衣川中学創立以来、初めて県大会三位という好成績を収めました。

監督はサッカー未経験者なので、私がコーチを頼まれたのですが、非常に喜ばれて「西山君、食事に行こう」と連れて行ってもらいました。コーチは無償でしたので食事でも御馳走しようということになったみたいです。寿司屋に監督と二人で行きました。何でも注文しなさいといわれ、私は巻き寿司を注文しました。監督がもっと美味しいものを注文すればと勧めてくれたのですが、その当時の私は刺身とか生ものが食べられなかったのです。その後、酒を飲めるようになって、刺身が大好きになりました。家で食べさせてくれなかったから食べられなかっただけで、ただの食わず嫌いだったという話です。

浪人中か高一の頃、親友の林君から本を借りて読むようになりました。林君は本が好きで、いつも本を読んでいました。私は漫画しか読まなかったのですが、彼の影響で本を読むようになったのです。高校受験で彼の家に居候したとき、彼の部屋にあった世界文学全集をたくさん読んだことを憶えています。彼が勧める本は全部面白いので『マルクス哲学入門』という本も早速読むことにしました。これが私の人生を大きく変えることになるとは知らないで。

この本を読んですごい衝撃を受けました。自分がすごく賢くなった気がしたのです。世界の見方が根本から変わったと思います。マルクスに対してすごく興味を覚えました。マルクス主義の勉強を始めてから私の人生観が変わってしまいました。以前は良い大学に入って一生懸命勉強し、漫画家になって金儲けをし、オモニを楽にしてあげようと思っていました。マルクス主義を勉強してからはオモニのように苦労するのは社会が悪いせいだと思うようになったのです。社会を変えていかなくてはならないと思うようになりました。私の人生の目的はオモニを幸せにすることだったのですが、私が金を儲けて自分のオモニを幸せにしても世の中にいるオモニのような不幸せな人はなくなることはないから社会を変えないとだめだと思うようになったのです。世の中のすべての人が幸せになれる社会を創ることを目的とするマルクス主義に共鳴したのです。

夏休みがやってきました。アボジに休暇をもらい、林君と山口の祖父母の家まで車で遊びに行きました。六万円で買った車なので不安でしたが、若いので行け行けでした。一〇時間ぐらいかかったでしょうか、途中、徳山辺りで警察官をひきそうになるという、ヒヤッとしたことがありました。三差路のところで、道を間違えそうになって急きょハンドルを逆方向に切ったらそこにおまわりさんが立っていたのでした。あやうく交差点の真ん中で交通整理をしていたおまわりさんを轢いてしまうところでした。なんとか急ブレーキをかけて難を逃れました。

二学期の一〇月頃だと思います、土方の現場で働いているときのことです。アボジに家から鉄のワイヤーを切る道具を持ってこいといわれました。家に戻り道具を車に積んで現場に戻るとき、早く戻るとその分仕事をしなければいけないので、わざとゆっくり走っていました。このとき追い越し禁止の道路で私の車を追い越そうとした車に追突されてしまいました。車は一〇メートル以上吹っ飛び、田んぼの中に落ちました。救急車で国立明石病院に運ばれ、鞭うち症で二か月入院となってしまいました。

入院中にメキシコオリンピックがあり、サッカーの試合を病院で見ていました。三位決定戦で釜本がシュートして日本が銅メダルを取ったのでよく憶えているのです。入院中に私に絶大な影響を与えている悪友がまた見舞いに来ました。今度は『金日成伝』の原語版を持ってくるではありませんか。彼の勧める本は忠実に読む私です、その日から『金日成伝』の学習が始まりました。分厚くて字が小さい読みにくい本でしたが、内容が面白くていっぺんに読んでしまいました。『金日成伝』を読むことによって、私の人生がまた大きく変わるのです。私の民族意識が強烈に目覚めてきました。それまでは朝鮮人としての自覚と誇りをしっかり持っていなかったのです。朝鮮民族は素晴らしい民族だという認識が薄かったのです。さらに『金日成伝』を読んで朝鮮民族の偉大さを再認識し、日本の植民地から朝鮮を解放するために金日成将軍が零下三〇度という厳寒の中で一五年も戦ったという事実を知ることによって金日成将軍を心から尊敬するようになりました。

マルクス主義の影響で人生の目標が「漫画家になって金を儲けて親孝行する」から、「皆が自由で平等で幸せに住める社会をつくる」ことに変わったのですが、さらに、『金日成伝』を読んで、「朝鮮人民の自由と平等と幸せのために人生を生きなければいけない」と思うようになりました。人生の目標が変わったので、手段も変えないと駄目だということになります。日本の高校から一流大学、そして漫画家になるではなく朝鮮高校に行かなければ駄目だという結論に至りました。

学校に戻り、遅れた勉強を取り戻すため一生懸命勉強しました。そして先生に朝鮮高校に行くことを打ち明けました。先生も賛成してくれました。形だけの編入学試験を受け一九六九年の四月から神戸朝鮮高校に通うことになりました。校舎は中学と同じ所にあります。一年ダブルことになるので、ちょっと複雑な気持ちでしたが、目標がはっきりしていたので、胸を張って学校に行くことができました。

仕事は交通事故で入院してからは行きませんでした。休業補償が出たので学費とかお金の心配はありません。交通事故の示談金が二〇〇万円ぐらい出たらしいのですが、兄に全部取られてしまいました。アボジより兄のほうが交渉とかうまいので兄に任せたのですが、これが失敗でした。兄はこの当時、日本の女性と同棲中であまり仕事をしていなかったみたいです。麻雀に凝ってたようです。後で聞いた話ですが、麻雀で相当負けたみたいです。

クラスは、二年二組で担任は辺一男《ピョンイルナン》先生です。中学時代サッカー部の後輩が同じクラスにいました。私を見て「先輩どうしたんですか」と聞いてきたので、事情を説明しました。弟も朝鮮高校に入学しました。弟は小学校が朝鮮学校なので、朝鮮語ができたのですが、やはり日本の中学出身ということで編入班に入れられました。編入班というのは日本の学校から朝鮮学校に来た子たちのクラスです。

　楽しい高校生活が始まりました。宣伝担当の副班長を任されました。班長は中学時代のサッカー部の後輩が担当し、組織担当副班長は慎貴晟《シンギソン》君だったと思います。全ての朝鮮高校には自主的な学生団体として、朝鮮青年同盟朝鮮高級学校委員会という組織があります。日本の生徒会とは全然違う組織です。総連には中央本部があり、各都道府県には地方本部、地方本部の下に支部があります。高校の青年同盟組織と支部は大体同格といえます。支部の下に班があるのですが、学校のクラスがこの班に当たります。学校で勉強するだけではなく青年同盟に加盟して組織生活もします。この当時、同盟で一番の課題は、『金日成伝』の学習でした。「金日成伝一〇〇回読書運動」という運動が広げられました。原書名は『民族の太陽金日成将軍』でした。私は積極的にこの運動に参加しました。『民族の太陽金日成将軍』第一巻を六回読み、第二巻は四回読みました。弟にも読ませました。

　青年同盟活動があるのでクラブには入りませんでした。慎君とは気も合い、意見も一致しました。仲よく青年同盟活動を一生懸命やったものです。クラブに入らない代わりに空手をやりました。弟は最初サッカー部に入りましたが、その後サッカー部を辞めてボクシングを習い始めました。近大のボクシング部のキャプテンの家の庭に、サンドバッグがぶら下がっていて、いつでも好きなときに来て打ってもいいといわれたので、私もよくサンドバッグを打ちに行ったものです。私の場合は前蹴り、回し蹴りもやりました。空手は実戦的ではないので、ボクシングも取り入れることにしました。

家の近くに私が卒業した明石朝鮮初級学校がありました。自主学校になった機会に校舎を新築して私の家の近くに移転してきたのです。竣工式は一九六八年でした。総連中央の韓徳洙《ハンドクス》議長参席の中、竣工式が行われました。学校建設に私も寄与しなければいけないと思い、それまで、少しずつ貯めてきたお金を寄付することにしました。五万円です。私にとっては大金でした。

明石朝鮮初級学校に毎日のように空手の練習に行きました。校長先生は私が中一のときの金正一先生でした。私たちが校長先生の代わりに宿直をするという条件で、教室を使わせてもらいました。ボクシングの好きな後輩の高《コ》君も練習に参加するようになりました。いとこの金太一《キムテイル》君もその後練習に合流します。太一は日本の高校に進学したのですが、学校になじめなくて悩んでいたところ、叔父と私の勧めで高一の二学期から神戸朝鮮高校に編入してきました。夏休みに入学手続きを済ませ、朝鮮語の特訓を受けさせました。真夏の暑いときです。クーラーも入っていない部屋で、一日中朝鮮語の猛勉強です。

早く亡くなった太一のアボジと私のアボジは生前仲が良かったので、太一をうちの家に泊まらせて、朝鮮学校に行かせたいといったら、アボジは賛成してくれました。

二学期に入って運動会も終わりしばらく経った頃、高校三年生の一部学生たちを対象とした、進路講習会が開かれました。参加者は六〇人ぐらいだったと思います。高二から四名講習補助係として動員されました。男は私と李相根《リサングン》君、女は金秀愛《キムスエ》君と洪順愛《ホンスネ》君でした。ご飯を炊いたり、食事の準備と後かたづけ一切です。二泊三日だったと思います。一日の作業が全て終わり、四人でお風呂に行きました。学校は山のてっぺんにあったので、銭湯は駅の近くまで行かないとありません。途中まで歩いてタクシーが来たのでタクシーに乗って行きました。一時間後に銭湯の入り口で会おうと約束して風呂に入りました。一時間後李君と一緒に外で待っていると、二人が出てきました。二人ともかわいい子でしたが、私が気に入ったのは洪君のほうでした。その講習会から私は洪君のことがとても好きになってしまいました。

クラスもみんな仲がいいし楽しい学園生活でした。慎君以外に特に仲が良かったのが、黄義政《ファンウィジョン》君でした。高砂市から通う子で、同じ電車だったのでたまに一緒に帰りました。途中私の家に寄ることもありました。人生のこと、将来の夢の話等二人で交わしたものです。

高二の夏休みが終わり、私と弟といとこと三人で登校しました。久しぶりにクラスメートと再会です。ところが、仲のいい黄君が来ていませんでした。一週間が経っても来ません。心配になって担任の先生に事情を聞きに行きました。先生の話によると、夏休みに事故で火傷を負い、当分出て来られないということでした。一か月ぐらい経ってクラスの何人かと見舞いに行きました。入院している病院に行ったのですが、すでに退院していませんでした。住所を頼りに家を訪ねて行きました。オモニがいらっしゃったのですが、本人はいません。久しぶりに会えると思っていたので、みんながっかりです。オモニの出してくれた食事を御馳走になって帰路につきました。黄君はそれ以来学校に来ることはありませんでした。その後、彼と会ったのは高三の最後の運動会のときです。隣の二年一組の西播出身の子に呼ばれて行くと、そこに黄君が立っていました。約一年ぶりの再会でした。いろいろ事情があって、学校を辞めて仕事に就いたということでした。「また、今度会おうぜ」といって別れたのですが、彼とはそれっきりになりました。

高三になりました。クラスは三年五組です。担任は金聖桓《キムソンファン》という先生でした。社会科の先生です。クラスの班長は李炳大《リビョンデ》君、組織担当副班長は朴賢一《パクヒョニル》君で私はまたしても宣伝担当副班長でした。

高三になってマルクス主義と金日成元帥の学習にますます熱が入りました。

哲学、社会主義、経済学について体系的に学習を進めて行きました。『金日成選集一、二、四、五、六』、『金日成著作選集一～七』、最近の演説・報告等、全てを読破していきました。歴史本は『金日成元帥革命略歴』、『抗日パルチザン参加者たちの回想記一～一〇』、『マルクス、エンゲルス小伝』、『マルクス伝』、『レーニン伝』、チェ・ゲバラの伝記等を学習しました。日本共産党が出した「共産主義読本」は、非常にわかりやすく、勉強になりました。

高三の夏休みは毎年恒例の夏季教養宣伝隊活動がありました。期間は七月末から八月一五日までです。私は尼崎東地域に配属されました。同胞の家に寝泊まりしながら、主に日本の学校に通っている小学生たちに朝鮮語を教えるのです。毎年六甲山で開催される八・一五祖国解放記念大会に参加して終わります。暑い中大変でしたが、良い経験をしました。

二学期になると最後の運動会の準備で大わらわです。最後の運動会も無事終わり、卒業準備に本格的に入りました。卒業までに私たちがやることは主に二つあります。自分の進路問題が一つ、クラスの進路問題を解決するのが二つ目の課題です。

二学期の途中で私が好意を寄せていた洪順愛君が学校を辞めました。そのまま諦めきれなくてラブレターを書きました。一〇〇枚ぐらいの長編のラブレターだったと思います。ラブレターを受け取って洪君は学校に戻ってきたのですが、純情な私はそれ以上何もできませんでした。結局、彼女は学校を辞めてしまいました。私にもう少し勇気があれば彼女と付き合って彼女と一緒に卒業できたかもしれません。洪君との再会は、その三十数年後に実現します。彼女の娘と私の二番目の息子の担任の先生が結婚するのです。結婚式に参加して三〇数年ぶりに会いました。今、洪君の孫と私の孫が同じ幼稚園に通っています。

一一月頃だったと思います。摩耶という所にあるロッジだったと思うのですが、そこで講習会が行われました。人生観、卒業後の進路問題などの講義と話し合いです。全体で講義を受けて、グループ別に討論会をやりました。講習会が終わる頃には皆人生観の基礎を固めて卒業後の方向を決めるようになりました。その講習会で先生から個人的に担当を任されたのが玄順愛《ヒョンスネ》君でした。一対一でいろいろ話し合うようにいわれたので、積極的に話しました。それがきっかけで、彼女と仲よくなりました。

いとこの太一は高三から茨城朝鮮初中高級学校に転校していきました。その当時、小学校の教員養成のための師範科がここに設けられていました。以前は全国の高校の中に師範科があって小学校の教員を地元で養成していたようですが、その後、教員のレベルを上げるために東京の高校の中に師範科を設置したようです。東京は学生数が多くて収容できなくなり茨城に移転した模様です。一年の二、三学期、二年の一年間を神戸で学んだのですが、太一は高二の担任から茨城に行って一年間勉強し、小学校の先生になる気はないかといわれ悩んでいました。しかし私も弟も太一には「自分でよく考えて決めろ」としかいえません。結局、彼は茨城に行くことになりました。彼は茨城の師範科を出て、その学校の初級科の先生になりました。彼はその後、師範科時代の同級生と結婚して、夫婦で初級科の先生を務めることになり長女が生まれました。

私は、大学進学組に進路が決まりました。早速、アボジに大学に行かせてくれと頼みました。大学の入学金九万円は自分が出すので、四年間授業料、寮費、食費は送って欲しいと必死に頼んだものです。意外なことにアボジはすんなり了承してくれました。

金炳植《キムビョンシク》第一副議長の「別途体系」に入っていた学生たちは、組織の決定によって進路が決まります。「別途体系」とは金炳植第一副議長が朝鮮総連を牛耳るために議長に内緒で創った秘密組織であり、エリート集団でもありました。「別途体系」に入っていた同級生のうち、大学進学組以外は全員卒業式の前日に姿を消しました。後で聞いた話によると、彼らは東京八王子にある朝鮮総連中央学院に召集されていたということです。そこで学習と空手の訓練を受けた後、各自組織の各分野に配置されたらしいです。私が聞いた所では、空手の秘密組織拳道研究院、朝鮮青年社、朝鮮高級学校青年同盟委員会、第一副議長の資金作りのための工場等々です。

進学組に配置された後、猛然と受験勉強に入るかと思った所、とんでもありません、また、講習会です。学校に寝泊まりしながら勉強もしますが、政治総括の方ほうに重きを置いていたと思います。「一二年間総括」というものです。一二年間の学校生活を政治思想的に総括するのです。政治総括等講習会への参加態度を見ながら大学に出す内申書の内容が決まるようです。私は希望通り、政治経済学部の試験を受けられるようになったのですが、別途体系から大学進学組に配置された子は、学部も組織の決定通りに従うしかなかったようです。自分の希望と違う子は悩んでいました。

いよいよ受験当日。大学の近くのホテルから歩いて大学に向かいました。私と仲よくなった玄君は師範教育学部美術科を受験しました。私は勉強に集中できなかったせいか、試験結果はよくありませんでしたが、なんとなく合格するような気がしました。玄君は試験はよくできたといっていました。結果発表は一週間後だったと思います。東京まで結果を見に行くわけではなく、高校で先生に呼ばれて個人的に知らされたと思います。私は予測した通り合格でした。ところが玄君と一二年間最優等生の秀才の辛《シン》君が落ちたのです。合否の判定は成績だけでなく、日頃の政治総括における態度などが重視されていたのです。担任の先生は二次試験を受けるよう説得して辛君は受けましたが、玄君は結局受けませんでした。朝鮮大学は試験に落ちた学生に二次試験を受ける機会をくれました。辛君は理学部に入学しましたが、その後、中退して日本の大学の医学部に入りました。それだけ優秀でした。そういう学生を落とす、その当時の朝鮮大学は異常でした。

親友が蒸発していない卒業式がやってきました。学生委員会の役員、クラスの班長たちがほとんどいない卒業式です、学生たちの間でいろんな噂が広がりました。それでも卒業式は予定通り無事終わりました。楽しく、せつなく、思い出深い高校生活に幕が閉じられました。玄君は最後の日にハンカチセットをプレゼントしてくれました。女の子からもらった生まれて初めてのプレゼントです。大事にしたものです。

弟は、私が高三の二学期の途中から結核で入院していました。ちょくちょく見舞いには行っていましたが、一年間は退院できない様子でした。病気と闘う弟を見ながら不憫でたまりませんでした。幼いときから病弱で体も小さい弟でした。その弟を心配しながら私は新しい旅立ちに出発することになります。私は東京の大学、いとこの太一は茨城の学校、弟は病院、仲のいい三人のお別れでした。

大学の入学式は、一九七一年四月一〇日でした。友だちと待ち合わせをして同級生に見送られながら新大阪駅を出発しました。夢と希望で胸はいっぱいでした。

三　朝鮮大学校へ

大学に着いて、受付で自分の部屋を確認してから寄宿舎に入りました。六人部屋です。入口側に二段ベッドがあって、奥が勉強部屋となって壁際に机が並んでいました。当日の夕方までには全員が揃いました。東京朝高出身が二人、大阪朝高出身が一人、愛知朝高出身が一人、九州朝高出身が一人、そして私です。お互い自己紹介をし、ベッドとロッカー、机の配置を決めました。数日はこの六人で生活しました。

初めて寮生活をすることになったのですが、早速トラブルが発生しました。最初のトラブルは東京出身の金君とでした。「風呂に行くので靴を貸してくれ」といわれ、貸してあげました。私はすごい倹約家で靴はめったに買いません。買うときも一番安い靴を選び、大事に大事に使います。大学に入るとき、奮発してタイガー製の高い運動靴を生まれて初めて買いました。その靴を貸してくれといわれたときは、正直迷いました。でも今後四年間、生活を共にするクラスメートなので、不安でしたが、ここは気前よく貸

朝鮮大学１年のとき（1971年、貨客船「万景峰号」の前にて。新潟港）

してあげることにしました。不安的中。彼は新品のタイガーの運動靴の代わりに古くて汚れた他メーカーの靴を履いて風呂から帰ってきたのです。それで一悶着です。結局私の泣き寝入りでした。これが大学入寮初日のできごとです、胸の痛いできごとでした。

次のトラブルは大阪出身の呉《オ》君との間で起きました。彼は別途体系所属のエリートです。私が部屋で本を読んでいると彼が帰ってきて、何かごそごそしていたのですが、急に「金がない」と騒ぎ始めました。そして私に「知らないか」と聞くのです、私が「知るわけないだろ」というと、疑いの目で見るのでした、本当に気分の悪いことです。数時間後、彼が訪ねてきて「お金はあった、疑って本当に悪かった」と謝ってきましたが、いい気はしません。「むやみに人を疑うものではないよ」と一言いってやりました。そんなことがあったからか、彼はその後も気まずい様子でした。一年の終わり頃、彼とは別れることになります。一九七二年四月一五日、金日成元帥誕生六〇周年祝賀のため朝鮮に帰国することになったのです。大学に入ってまだ一年も経っていません。でも光栄なことでした。全国の朝鮮青年学生の中から選ばれたからです。誕生六〇周年にちなんで、六〇名が選ばれました。オートバイに乗って九州から東京まで走って、東京で大会に参加し、新潟から船に乗って元山に行き、元山からバイクでピョンヤンに行き、ピョンヤンの金日成競技場で金日成元帥に直接手紙を渡すわけです。その当時は、往来が許されていなかったので片道切符でした。

夢と希望を抱いて大学に入ったのですが、大学生活は悲惨でした。はっきりいって幻滅でした。授業は結構良かったのですが、生活が悲惨でした。外出は許可制、まず部屋長の許可、次はクラスの組織部長の許可、その次に学部の許可、最後に青年同盟大学委員会の許可です。

外出もままならないだけでなく、入学当時は毎日のように学内の掃除、草取り等をやらされました。一言でいって自由がありませんでした。私は集団学習会、討論会等は積極的に参加しましたが、掃除とか草取りは大嫌いです。小学校五年生のときから新聞配達をやり、大学に入るまで溶接、自動車の整備工場、土方等いろんな仕事をして来たので、大学で無償労働にかりだされることはすごく嫌でした。二、三か月で終わったので、なんとか我慢できましたが、外出の自由は四年間ありませんでした。それだけではありません、テレビはない、新聞も見れない、雑誌漫画も校内持ち込みは駄目でした。

私は大学に来た目的だけを考えることにしました。勉強と身体の鍛錬です。朝五時に起きて準備体操をし、ランニングを四キロぐらいします。その後、運動場にあるバーベルでベンチプレス、スローカール、スタンディングプレス等筋肉トレーニングをします。最後に屋上で空手の鍛練をしました。鉄下駄を履いて前蹴りをやるのです、四年間よく続けたものだと我ながら感心します。

勉強も一生懸命やりました。授業の中で一番良かったのは、政治経済学でした。朴庸坤《パクヨンゴン》先生と金国漢《キムグッカン》先生の授業は最高でした。自習はまず、金日成元帥の最新の労作を学習し、次に革命歴史、そして、朝鮮労働党の革命伝統、さらにマルクス、エンゲルス、レーニンの古典を学習しました。

授業は大体三時頃に終わります。放課後は球技を主にやりました。サッカー、バレーボールをやりましたが、主にサッカーです。運動場はクラブが使うので、運動場の隅でミニサッカーをやるのです。娯楽がないので球技が唯一の娯楽でした。部屋別対抗が盛んでした。たまにはクラス対抗でサッカーの試合もやりました。

五時頃に風呂に入り、六時に食事をして、七時から自習時間です。一一時が消灯なので、一一時以降勉強したい学生は、大教室という教室に行って勉強します。大教室は朝まで解放しています。私は朝が早いので、一一時には寝るようにしていました。

一年の一学期は部屋に三年生が三人同居しました。新入生指導のためです。入学当時は六人全員が一年生でしたが、数日過ぎると三人が上級生と代わりました。これは伝統的に制度化されていました。私の部屋には東京出身の金先輩、大阪出身の姜《カン》先輩、広島出身の李先輩が入ってきました。東京出身の趙と大阪出身の呉と九州出身の李が出て行きました。先輩は皆優しくしてくれました。

一年の夏休みが来ました。夏休みは夏期教養宣伝隊と学校宿直組に分けられます。私は運よく宣伝隊に行くことになりました。宿直は普段もやらされます。よく覚えていませんが、一週間に一回か二週間に一回、夜間宿直がありました。四班に分かれていて一班が午後一〇時から一二時まで、二班が午前一二時～二時まで、三班が午前二時～四時まで、四班が午前四時～六時までとなっています。これは夏も冬も変わることなく一年中行われました。結構辛い夜警でした。

私は宣伝隊で広島本部に行くことになりました。七月の二六日から八月一五日まで、大学三年生が責任者で、一五人ぐらいの部隊だったと思います。朝鮮総連広島本部に行って委員長に挨拶し、各支部に配属されました。当時の広島県本部委員長は、後の二代目中央本部議長徐萬述《ソマンスル》氏でした。

私は安芸支部に配属されました。責任者は工学部三年の姜先輩です。大学生は私を含めて三人だったと思います、そこに広島朝高の三年生が何名か加わりました。この期間に民団（大韓民国居留民団）系の高校生と接触しました。彼は日本の学校に通う高校一年生でした。支部で資料をもらって資料を見ながら家を訪ねて行きました。約二週間の間、朝鮮民族についていていろいろな話をしました。日本に住んでいるけれど朝鮮人としての誇りと自覚を持たなければいけない、そして朝鮮民族がどんなに優秀な民族なのかを話して聞かせました。彼は広島大学に行くことを目標にして勉強していました。その目標に対しては全面的に賛成だといいました。

まさか彼が三年後に朝鮮大学に入ってくるとは、夢にも思いませんでした。もしこのとき朝鮮大学に行きたいといったら、私は絶対反対したでしょう。彼は政治経済学部を希望したのですが、政治経済学部は日本の高校出身者を受け入れていなかったので、しょうがなく文学部を選択したようです。卒業後、朝鮮新報社の記者になりました。私の影響で人生が変わってしまったようなので、良かったのか悪かったのか、私には判断できません。

二学期になって私の悩みは一層深くなりました。組織思想活動がより一層活発化するのですが、私にはどうしても納得いかないのでした。金日成元帥の教えと矛盾していることが多いのです。学生にとって、一番大事な課題は勉強です。ところが勉強しないで怠けてる学生が、勉強を一生懸命している学生を批判するわけです。知識万能主義だとか、甘ちょろいインテリタイプだとか、理不尽な批判を受けるわけです。私は大学生活に見切りをつけることにしました。

副担任の李先生を訪ねて行きました。大学の悪口は一切いわず、ちょうど金日成元帥誕生六〇周年を記念して二〇〇人の朝大生を朝鮮に帰国させる企画が持ち上がっていたので、是非、私を朝鮮に帰国させて欲しいと希望しました。二〇〇人のノルマを達成するために、行きたがらない学生の説得に苦労していたので、すんなり希望が認められると踏んでいたのです。ところが意外なことに先生は私の願いを軽く否定するではありませんか。

「趙君は帰国せずに日本に残って韓議長と金第一副議長を奉り総連活動を担わなければいけない」といわれました。私は組織が私のことをとても信頼し期待しているのだと勝手に思い込み自分を深く顧み反省しました。

このとき帰国していたら、きっと後悔していたと思います。大学はいつでも辞めて家に帰ることが可能ですが、帰国したら二度と日本に帰って来れないからです。

帰国を断念し、日本で総連の活動家として生きて行くことを再度決意した私は今まで以上に、勉学と自己鍛錬に邁進しました。自習は一日三時間以上、肉体鍛錬は一日四時間以上を目標にし、頑張りました。

一年の二学期から三学期にかけてくり広げられた運動があります。金日成元帥の還暦祝い「忠誠の贈り物」制作と祝賀行事です。贈り物は各学部別につくることになりました。政治経済学部でも立派な贈り物を作って送りました。行事は自転車行進団、集団体操、大音楽舞踊叙事詩公演等です。自転車行進団は北は北海道、南は九州からそれぞれ別々に出発し各地で手紙を預かりながら東京まで行進するのです。私たちは小平の朝鮮大学から東京の最終ゴールまで自転車に乗って走りました。東京から新潟までは六〇人のオートバイ部隊が走り、新潟で帰国船に乗って朝鮮に向かいました。

集団体操は駒沢競技場で行われました。大音楽舞踊叙事詩公演は東京朝鮮文化会館で行われました。両方とも参加しました。辛くてしんどい思いをしましたが、良い経験をしたと思います。

大学二年になりました。親友の林君は卒業しました。彼は政治経済学部に入学したのですが、絵があまりにもうまいので、途中で二年制の美術科に行かされました。本人も納得だったようです。就職先は学友書房です。学友書房は朝鮮学校の教科書を作る会社です。教科書以外に学生向けの雑誌と新聞を作っていました。彼は雑誌と新聞に挿絵、漫画を描くことになります。

二年の一学期は大きな行事も終わり、一段落したので特別なこともなく終わりました。

印象深いのは一九七二年七月四日、南北朝鮮が発表した共同声明を支持する中央大会に参加したことです。これは代々木体育館で行われたと思います。あれだけ憎み合っていた南北政府が急に共同声明を発表したものですから、すぐにでも祖国が統一するような気持ちになりました。結局この一時的な南北の和解は、朴正煕《パクチョンヒ》大統領が南北の力関係が南に不利だったので、南が力をつけるための時間稼ぎだったような気がします。

感動は一瞬でした。すぐ元の生活に戻りました。宣伝隊が終わってから日光に行きました。学校のスクールバスで全員行ったのですが、いろは坂を過ぎ、華厳の滝を見て、その雄大さに目を見張りました。さらに日光東照宮を見学し、中禅寺湖を見ながら戦場が原を通り、帰路につきました。

夏休み中にドジなことをやってしまいました。七月二〇日が誕生日で、免許の切り替え日でした。夏休み中に明石の家の方に大学から連絡が入り、慌てて東京に戻り免許の更新を済ませました。とんぼ帰りですぐ家に帰りました。往復の電車賃が無駄でした。もうすぐ二学期が始まるので、そのまま大学に残ればよかったのですが、私には学校に内緒の計画があったのです。高校のときから玄米自然食に興味があり、自然食等の文献をよく読んでいました。文献を読んでいるうちに断食が健康にいいという情報に接して、是非、私も一度断食をしてみたいと思っていたのです。夏休み中に決行する予定が、免許証の更新騒ぎで難しくなったため九月に変更になりました。そこは淡路島にある断食道場で、三週間の断食に挑戦しました。断食をやって感じたことは二〇歳そこそこの若造がやるものではないということでした。メタボとか健康上必要な場合以外むやみに断食などやってはいけません、後悔しましたが、唯一得たことは食べることの意義、尊さです。私は幼い頃から食べることにあまり貪欲ではありませんでした。小食で好き嫌いがあり、もともと食欲があまりなかったのです。断食を経験することによって、変わることができました。人間は食べるために生きているのかもしれないと思うようになりました。

断食が終わって家に帰ってくると、情勢ががらりと変わっていました。どこから入ってきた情報だったのか、今は思い出せません。朝鮮総連内部で重大事件があったということでした。高校時代の親友が神戸朝鮮中高級学校の青年同盟で働いていたので、早速会ってみることにしました。

蔣聖南《チャンソンナム》という女の子です。彼女の雰囲気も何か緊張気味でした。皆には内緒で会おうという感じです。二人っきりになって話をしました。思った通り、事態は深刻でした。朝鮮総連中央委員会第九期二〇回会議で、金炳植第一副議長が批判されたということです。青年同盟神戸朝高委員会副委員長がこっそり盗み聞きしに来ました。第一副議長の腹心です。蔣君が気がついて話題を変えました。最後まで第一副議長に忠誠を尽くしたのが、神戸朝高委員会と茨城朝高委員会でした。私も事態の深刻さに気がついて、早く大学に帰らないといけないと思い、すぐ東京に向かうことにしました。

大学に着くと、早速、仲が良かった柳《リュ》君が私を訪ねてきました。彼から今までの経緯を全部具体的に聞くことができました。要はこの間、第一副議長が韓議長の指導権を奪い、自分が総連の最高指導者になろうと画策していたということでした。これで大学も総連組織も正常化されるだろうというのが柳君の意見でした。事態を収拾するために、第一副議長の朝鮮訪問中に韓議長が会議を招集したようです。第一副議長は日本に戻って来てから巻き返しを図りましたが、再度朝鮮に送られてそのまま日本に戻ってくることはありませんでした。金第一副議長の罪状は最高刑の「反党反革命分派分子」というものです。

私のクラスに第一副議長の娘がいましたが、彼女もすぐに帰国することになりました。

第一副議長はその後、朝鮮で名誉回復し復権します。朝鮮民主主義人民共和国で「反党反革命分派分子」とレッテルを貼られて復権した人は彼だけです。いろいろうわさが飛び交いましたが、その理由は誰もわかりません。金炳植第一副議長は非常に魅力のある人物でした。初めて彼に会ったのは、高三のとき、朝鮮大学でのことでした。大学で「金日成元帥革命歴史学習大会」が初めて開かれたのです。各高校の代表が集まって開かれたのですが、この大会に金第一副議長が参加され、演説をしました。演説がすごくうまいのです。いっぺんに惹きつけられました。それまで演説を聞いて感心したのは韓議長だけでした。議長の演説は演説で独特の味があるのですが、第一副議長の演説はそれとは違い、理路整然としていて政治的に説得力がありました。それで第一副議長に対し幻想を持ってしまいました。尊敬していた第一副議長が失脚したのは残念なことでしたが、今まで矛盾を感じていた大学生活での疑問も彼のやり方にあったということなので、彼の失脚を受け入れることができました。

大学生活が変わりました。監獄のような厳しさがなくなり、普通の生活になったと思います。外出の許可制はそのままでしたが、すぐ許可が出るので窮屈さがなくなりました。ぎすぎすした雰囲気がなくなった気がしました。ただ、テレビはない、新聞もとれない、漫画の持ち込みも駄目でした。今考えると全く自由はないのですが、あのときはすごくよくなった気がしました。政治総括優先の大学生活が学習優先に代わったのでした。それまで先頭になってやたらと他の学生を批判していた学生が、逆に批判されて自己批判したものですから、見ていてすっきりしました。

弟が朝鮮に帰国することになり、大学に遊びに来ました。弟と一緒に茨城のいとこに会いに行きました。いとこは新潟まで見送りに行けないので、これが最後の別れです。三人で酒を飲み、思い出話とこれからのことを話しました。夢を語り合いました。「俺たちは日本で頑張るから、お前は朝鮮で立派な革命家になれ」と。キューバ革命が勝利し、ボリビアに行ったゲバラの気持ちで頑張れといいました。

雪の舞い散る新潟港で、船に乗って帰国する弟を船が見えなくなるまで見送り、父母は明石に、私は大学に戻りました。一九七二年一二月一五日のことです。弟が一八、私が二一、アボジが五二、オモニが四四歳のときでした。

一九七三年になりました。大学三年生です。大学生活が改善されて、益々勉学と肉体鍛錬に磨きがかかってきました。マルクス、エンゲルス、レーニンの重要文献はほとんど読破し、世界文学全集も読み漁りました。ゴーリキーの「母」、「幼年時代」、「私の大学」、ショーロホフの「静かなドン」、「開かれた処女地」、日本のプロレタリア文学、朝鮮の小説等たくさんの本を読みまくりました。

体の鍛錬もかなりレベルアップしました。ベンチプレスは、五〇キロから六〇キロ、七〇キロ、八〇キロと徐々に上げて行き、一日五セットをこなし、腕立て伏せも拳立てから三本指、二本指、最後は親指一本でやるようになりました。逆立ちも長さは四分以上、普通の逆立ちから三本指、二本指、親指一本で二分以上やりました。高校時代から知っていた大山倍達先生の影響とブルースリーの影響です。二級上の先輩にヌンチャクを教えてもらったのは大学一年のときです。一年のときからずーっとヌンチャクの練習を欠かさず続けました。雨の日も関係なしで、四年間黙々と体を鍛えました。

この年の夏にビッグニュースが飛び込んで来ました。朝鮮大学生を祖国が夏休みに招待してくれたのです。前の年、初めて東京朝鮮高校のサッカー部と横浜朝鮮初級学校の音楽芸術サークルを呼んでくれたのですが、今回は私たちの大学のサッカー部と音楽芸術サークル部を呼んでくれたのです。東京と横浜の学生たちの祖国訪問のドキュメント映画を見て、感動の涙を流しましたが、今年は我々の仲間が祖国に行くのです、胸がわくわくしました。

私は選ばれませんでしたが、政治経済学部の中からもたくさんの学生が選ばれました。うちのクラスからは不思議なことに誰も選ばれませんでした。サッカーのうまい子がいなかったのが原因でしょう。音楽芸術的にも秀でた子がいなかったようです。文学部一年生に私と同じ明石出身の学生がいましたが、サッカーがとても上手でしたので、選ばれました。歴史地理学部四年に歌がうまい女子学生がいて、彼女も選ばれて祖国に行くことになりました。後述しますが、実は彼女と私は後に結婚することになるのです。朝鮮大学校の初めての祖国訪問の記録映画も後で見ましたが、本当に感動的でした。明石出身の金君はなんと祖国訪問中に私の弟と会うことになります。弟が大学入試のため、たまたまピョンヤンに来ていて、そのとき朝鮮大学の代表団が祖国訪問中だということを知り訪ねてきたとのことでした。後で聞いたときは驚きました。帰国して一年も経っていませんでした。

サッカー部が祖国訪問中、私は愛知朝鮮中高級学校に夏休み特別指導組として派遣されました。三年連続で学校警備組に入らなくてラッキーでした。学校の寮に寝泊まりしながら、落ちこぼれの高校生の指導を担当しました。夏期教養宣伝隊は、暑い中を同胞の家を回りながら活動するので大変ですが、高校生の指導は学校でやるので比較的楽です。総連支部対抗のサッカーの試合にも出ましたし、高校生を連れて海にキャンプにも行きました。キャンプは島でやったのですが、大学生が地元の若い衆と喧嘩になって大変でした。お寺に泊まっていたのですが、女子高生もいるのに囲まれて石を投げられて危険でした。警察を呼んで話し合いでけりをつけたので、なんとか大事件にならずに済みました。

愛知朝鮮高校での夏期特別指導が終わり、帰省しました。この頃、アボジは結核で明石市民病院に入院していました。一九七二年の金第一副議長失脚の後、東京から帰っていた親友の李容吉《リヨンギル》君が遊びに来ていたので、一緒にアボジを見舞って、彼と久しぶりにいろいろな話をしました。金第一副議長の「別途体系」で働いていたのですが、第一副議長が失脚したので、辞めて地元に帰って商売を始めたとのことでした。彼とは高校二年のときから気が合って、一番仲よくしていました。高二のとき、彼と話し合って人生観が同じだと思いました。革命のため、祖国のため、人民のために働こうと、高校時代にお互い誓い合っていました。

夏休みも終わり、二学期が始まりましたが、祖国訪問団が帰って来たのでその話で持ちきりでした。サッカー部の金君が、弟から頼まれたといって金日成主席の長男の金正日書記に関する本を持ってきてくれました。そのとき初めて金正日書記のことを知りました。存在がまだ知らされていないときですので、貴重な本でした。確か二冊だったと思います。金書記が後継者として、どのように活動しているのかという内容でした。まだ国外には出してはいけない本だということで緊張しながら読みました。そして誰にも見せずに隠していました。

弟の手紙が定期的に届くようになりました。手紙を通して、朝鮮が想像以上に貧しく、生活が大変だということがわかってきました。でもそういう中で、弟が帰国するとき誓った誓いを守って、頑張っていることがよくわかりました。私も弟に負けないで頑張るぞと思いました。

二学期にあった一番大きなビッグイベントは教育実習でした。もともと政治経済学部には教育実習などないのですが、この年はなぜかありました。私は生まれ故郷の山口にある山口朝鮮高級学校に行くことになりました。この学校は、この年にできたばかりの新設学校でした。私のクラスから大阪出身の柳君と二人行くことになりました。柳君が責任者でした。

授業は高一社会科を担当しました。授業は大変面白かったです。家庭訪問にも行って、大変良い経験をさせてもらいました。ちょうど運動会のシーズンで運動会にも参加しました。私の担当したクラスの担任は同じ学部だった金先輩でした。金先輩は大学では「エリート」だったので、新設の高校の青年同盟に配置されたのですが、先生が不足して急遽担任に回されたみたいです。学生と折り合いが合わない様子で苦労していました。私は学生と相性が良かったので、学校の先生もなかなか面白いなとは思いました。

この年に金大中拉致事件（一九七三年八月八日）がありました。東京のホテルで白昼に

朝鮮大学卒業時、両親とともに
（1975 年 3 月 10 日）

亡命中の金大中氏がＫＣＩＡによって拉致されたのです。韓国の朴大統領は彼を殺そうとしたのですが、アメリカの介入によって無事ソウルで釈放されました。朴大統領の怖さをまざまざと見せつけられました。

大学生活最後の一九七四年がきました。卒業準備です。卒業までの課題は二つに絞りました。一つは卒業論文を完成すること、二つ目は進路を決めてその準備をすることです。それと課題ではないのですが、生涯の同伴者を決めて結婚を前提にした交際を申し込むことを卒業までにやらなければいけないと固く決めていました。

卒業論文のテーマは社会主義経営学で、特に社会主義生産管理システムについて研究発表したいと思いました。社会主義は資本主義よりも発展した社会ということになっているのに、実際のソ連、中国、朝鮮、東欧の国々は資本主義国に比べて経済が発展しているとはいえない、その理由について明らかにしたかったのです。

大学の図書館にある社会主義経営学の本、社会主義生産管理システムに関する本は全て読破しました。それから卒業論文の執筆に取り掛かりました。四月から始めて一〇月頃まで約七か月かけて完成させました。一〇〇ページ以上の長編論文になりました。ゼミの先生に持っていくと、あまり長いので三〇ページ以内にまとめて提出するよういわれました。

当時はわからなかったのですが、後に金日成主席の社会主義経営思想では経済を早く立派に発展させることは無理だと思うようになりました。やはり資本主義を経なければ社会主義に行くことはむつかしいのではないでしょうか。

卒業論文の提出も無事終わり、同時に準備してきた卒業後の進路問題も準備が整いました。

卒業後の進路は青年同盟大阪本部で、日本高校に通う朝鮮の学生を対象にする仕事をやることでした。副担任の先生に私の意思をはっきり伝えました。先生の反応もすこぶる良かったので、まず希望どおりなるだろうとふみました。

最後は結婚を前提にした交際を申し込むことです。高校三年の最後頃から仲よくしていた玄君とは大学二年までは文通もし帰省時に会っていましたが、大学三年頃からどちらからともなく連絡が途絶えました。一年後輩に歌がうまく容姿端麗、私好みの子が入学してきたからでしょうか、すごく気になっていたのですが、好きだと強く意識し出したのは、大学四年になってからです。

大学最後の夏休みは、私の地元、兵庫県への集中支援活動にかり出されました。大学四年生全員です。私は実家から車で三〇分ぐらいの所にある総連西脇支部小野分会に派遣されました。八月一五日まで分会の事務所に寝泊まりしながら日本の学校に通っている小、中、高校生を相手に朝鮮語、朝鮮の歴史等を教えました。

学生生活最後の夏休みなので、以前から一つ計画を立てていました。高校三年のときに中退した、仲の良かった慎君と北海道一周旅行に行くことです。彼はその当時、大阪の枚方に住んでいて、はつり（コンクリートを機械ではがす）の仕事をやっていました。ところが慎君が仕事で急に行けなくなったのです。仕方なく一人で行くことにしました。枚方まで行って彼にオートバイを借り、一旦、家に戻って明くる日の朝家を出発しました。オートバイは、ホンダCB五五〇CCです。京都の舞鶴港に行き、そこから新日本海フェリーで小樽まで行きました。四泊五日の日程でした。夕方出発し朝早く小樽港に着きました。小樽港に着くと早速、クラスメートの金君に電話しました。札幌に同級生がいたのです。朝早かったせいか、つっけんどんでした。会うのは諦めて、予定通り札幌を抜けて支笏湖に向かいました。支笏湖はとても綺麗でした。次に向かったのは、洞爺湖と昭和新山です。記念写真を撮って登別に向かい、登別から十勝清水までひとっ走りです。八月だというのに寒くてたまらず、途中店で女性用のパンテイストッキングを買い、それを履くことにしました。十勝清水に着いたのは夜でした。五〇〇キロでしたでしょうか、かなり長い距離を一日で走りました。

夜なのでテントを張る場所を探せず、民宿に泊まりました。次の日も快晴です。二日目の目標地は阿寒湖です。然別湖によって阿寒湖に向かいました。然別湖は情報通り、大変水のきれいな湖でした。阿寒湖には夕方に着きました。食堂に入って夕食をとったのですが、テーブルの下に財布が落ちていました。拾って中を確かめると四万円ぐらい入っていました。店のおじさんを呼び、財布を渡しました。そこに慌てて若い青年がやって来たのです。財布の持ち主でした。私が拾ったことを告げると、感謝感謝でした。私は謝礼の一〇%はいらないから、その代わりに私が食べたうどん代を払ってもらうということにしました。良いことをした後なのに悪いことがやってきました。キャンプ場にテントを張って寝ていたとき、雨が降り出しその上、風が吹いてきました。台風のような激しさです。背中も濡れてきたので、テントをそのままにして避難することにしました。

避難場所を探していたら、ちょうどいいことにバス停があったのです。ドアが開いていたので、ひとまず中に入って寝ることにしました。どのくらい時間が経ったのでしょうか。私は誰かに起こされました。そのバス停の管理人でした。勝手に入ったと散々怒られました。ひたすら謝って許してもらい、バス停の外で朝を迎えました。雨はまだ降っていましたがテントをたたみ、出発することにしました。合羽を着て、層雲峡を目指して走りました。北見辺りで、今度はお腹が痛くなりました。この当時はコンビニもなく、トイレがありません。雨もまだ降っているし、非常事態です。北見市内の店の前にバイクを止め、お店に入ってトイレを借りました。助かりました。丁寧に感謝のあいさつをして、層雲峡を目指してバイクを走らせました。しかし今度は寒さで身体ががたがた震える始末です。これ以上走ると風邪をひくのは間違いありません。ちょうどうまい具合にラブホテルがありました。ラブホテルに入ったことは一度もありませんが、この際躊躇している場合ではないので、休憩をとることにしました。まず風呂に入って体を温め仮眠をとりました。体調も回復したので、層雲峡を目指し出発しました。

雨は上がりましたが、地面はまだぬかるんでいるのでユースホステルに泊まることにしました。食事を済ませ、同宿者に声をかけコンパをやることにしました。皆知らない者同士ですが、愉快なひと時を過ごしました。次の日は快晴でした。ロープウエーに乗って山頂に登りました。リスがいました。北海道ならではの風景です。

層雲峡を出発し、旭川を抜けて札幌に向かいました。着いた初日は通り過ぎただけでしたので、観光することにしました。旧道庁を見学し写真を撮り、札幌大通公園を見て、札幌時計台に行きました。私は石原裕次郎が好きでしたので、一度時計台に行ってみたいと思っていました。思っていたよりも小さかったので少し拍子抜けしました。札幌観光を済ませ、一路小樽を目指して出発です。小樽で是非行ってみたかったのは小林多喜二の碑がある所です。小樽港を一望できる高い所にありました。記念写真を撮り、宿を探すことにしました。安い旅館を見つけ、そこに泊まることにしました。食事はないということなので、外で夕食を済ませ旅館で風呂に入り、疲れていたので早めに寝ることにしました。

朝、旅館の入り口に行ってみてびっくりしました。スリッパがいっぱい散乱しているではありませんか。食事もない寝るだけの旅館というのはどうやら連れ込み旅館だったようです。私は疲れて爆睡だったので、全く気がつきませんでした。

早めの船でしたので、旅館を出て近くで簡単に朝食をとり、船に乗りました。夕方には舞鶴港につきました。私は船酔いには弱いのですが、船が大きかったせいか全然大丈夫でした。舞鶴港から家に向かってバイクを走らせ、途中ガソリンスタンドで給油をしました。もうすでに真っ暗でした。

最後の夏休みが終わり、二学期が始まりました。大学在学中にやり残したことは、結婚相手を見つけ交際を申し込むことでした。大学三年の頃から気になっていた同じ学部の一年後輩の金さんに交際を申し込むことにしました。一〇〇枚以上のラブレターを書いて夜、彼女の寄宿舎の前まで行きました。胸はドキドキして今にでも爆発しそうでしたが、勇気をふり絞って声を張り上げ彼女の名前を大声で呼びました。ちょうどタイミング良く通りかかった女性がいたので、呼んでくれるよう頼みました。彼女にラブレターを渡し、その場を逃げるように離れました。ラブレターを書いたのは私の人生で三度目のことでした。最初が中二のとき、二回目が高三のときです。この後の計画は、卒業後三月中に彼女の家に行って直接交際を申し込み、了解を得ることでした。彼女は東北朝鮮高校出身で実家は山形の山奥でした。

卒業式にはアボジ、オモニを呼びました。卒業式で私は「卒業論文賞」を頂きました。私が一番欲しいものでした。卒業式の前に進路配置がありました。私はてっきり希望通り青年同盟大阪本部に行くものと確信していたので、本とか荷物を早めに明石の自宅に送っていました。卒業生の進路配置にあたって、総連中央李珍圭《リジンギュ》第一副議長が来校しました。金第一副議長の後釜に付かれた方です。その前は大学の学長をされていました。いよいよ私の番です。第一副議長の前に立ちました。第一副議長は私の配置先を大阪青年同盟本部ではなく、東京の高級学校だというではありませんか。夢にも思っていなかったので、びっくりしましたが、進路は組織に全面委託していたので「わかりました」と力強く答えて席を離れました。それまで政治経済学部から教員に配置されることはほとんどありませんでした。

「三月二八日午前一〇時に総連東京都本部に行くように」といわれました。

卒業式が終わり、食堂で祝賀会がありました。卒業生と教職員で食事をしました。お酒も飲み放題です。最後は踊りです。音楽にあわせて朝鮮の踊りを皆で踊るのです。踊りながら二年上の先輩に「東京朝高は大変な所だから、覚悟をしっかり持っていかなければ大変なことになるぞ」といわれました。私が高校生のときも神戸朝高は学生同士が険悪な関係でしたたし、山口朝高も学生が荒れていたので、東京はもっと雰囲気が悪いにちがいないと想像できました。それまで教員になることは一〇〇%考えていませんでした。三月二八日までには心の準備をしなければいけないなと考えました。

私の大学生活は終焉を迎えました。監獄のような四年間が終わったのです。不自由な生活でした。でも、四年間耐えることによって、沢山の得るものがありました。一番大きな成果は職業的な革命家として生涯を送る、確固とした決意と覚悟を持てたことです。一六歳のときにマルクス主義に接して、革命家として生きることを目指したのですが、大学生活四年間でさらにその決意を確固不動なものにすることができました。生涯を人民の自由と幸せのため、朝鮮民族の自由と幸せのため、祖国統一のために捧げることを固く心に誓いました。

二つ目は、四年間の猛勉強のおかげで、沢山の知識を得ることができたことです。三番目は、四年間身体を鍛えることによって、強い精神力と強健な身体を作り上げることができました。四番目は、人生で一番尊い友を沢山作ることができたことです。学部を超えて年齢を超えて沢山の友だちを得ることができました。最後にあげたい成果として、今後、解決しなければいけない問題点を掴むことができたことです。私が目指す理想社会、社会主義社会について、矛盾を感じました。一九七五年当時、現存する社会主義社会は問題だらけでした。もちろん情報統制しているので、全てを把握しているわけではないのですが、資本主義社会よりも自由で生活が豊かであるべきなのに、現実はそうでもないということがわかってきました。トーマス・モア、ロバート・オーエン、サン＝シモン、フーリエが夢見、マルクスが科学に発展させた社会主義と現存する社会主義の違いと、違いができた原因を明らかにしなければいけないと思いました。四年間で感じたもう一つの矛盾点は、総連組織が抱える問題点です。金第一副議長事件を境に組織は弱体化していきます。弱体化していく原因を明らかにしなければいけないと思いました。この課題は、この後約四〇年に渡る私の総連組織活動中に解決することになります。

大学で四年間我慢できたのは、良い先生と良い友だちに出会えたからだと思います。一年と四年の担任をしてくださった朴庸坤先生なしには大学生活は考えられません。マルクス主義に精通されていました。そして情熱的でした。マルクスの話をされるときは本当に感動的でした。朝鮮の社会主義の実態と指導者の腐敗に我慢できず、異を唱え、朝鮮労働党の機関紙「労働新聞」で批判され、組織を追放されました。後にＮＨＫのドキュメンタリー番組に出られ、学生を帰国させたことに対し謝罪されていました。そして出版物で朝鮮の個人崇拝を批判されました。最近『愛の世界観』という本を出されました。この本を読むと先生がマルクス主義哲学を一段と高い段階に発展させたことをうかがい知ることができます。

私は今でも毎年正月には先生のところに挨拶に行っています。

民族学校教員に

一　東京朝鮮中高級学校に配置

一旦家に帰り準備を整えることになりました。帰ってすぐ真っ先に大学時代好意を持っていた山形の金和淑《キムファスク》さんに電話しました。ラブレターを渡した彼女です。仕事が始まる前に家を訪ねたい、会いたいといいました。そのとき彼女がいったことは信じられないことでした。自分には親が決めた婚約者がいるというのです。私はハンマーで頭を思いっきり殴られたようなショックを受けました。それでもひるまず、一度会いたいので是が非でも訪ねて行きたいと懇願しました。彼女はすごく困っている様子でしたが、私はどんなことがあろうと絶対会いに行くと断言し、電話を切りました。

数日後、東京に向かいました。本部に行くと朝大の卒業生が確か七人、日本の大学卒業生も一人来ていました。東京朝鮮中高級学校に正式に配置され、皆一緒に学校に向かいました。部屋に案内され待っていると校長先生が現れました。自己紹介後、今後の行動計画を聞きました。当面の予定としては、まず学内掃除をすること、そして数日後に教職員総会を開き、そこで学年と教科担当を発表するということでした。私は大学で東京朝鮮高校の商業科に行って、政治経済学の教科を担当するようにと内々いわれていました。本来政治経済学部からは青年同盟（在日本朝鮮青年同盟）組織以外配置はないのですが、今回学校のほうから政治経済学を教えられる卒業生を送って欲しいと要望があったため、私が行くことになったと聞いていたのです。

総会で発表されたのは、教科は一年社会、学年担当は商業科ではなく普通科でした。高校一年担当の先生は高一の職員室に集合させられました。そこで、担当クラス、席等が決められました。私はなんと一年七組担任を命じられました。七組は女子クラスです。全てが想定外のことです。七組の名簿と生徒資料、高一社会の教科書、教務手帳等をもらい出席簿を作りました。

東京朝鮮中高級学校には教員寮がありましたが、私は入寮せず、親友の林君のアパートに一緒に住むことにしました。彼は東武東上線の上板橋駅の近くに住んでいました。私が東京朝鮮中高級学校に配置されたと知らせると、自分と一緒に住もうというので一緒に住むことにしたのです。

東京朝鮮高校での授業風景

総連中央に配置された二年上の先輩と偶然電車の中で会い、一杯飲んで学校の宿直室で寝ていたときのことです、電話交換室から私に電話が入りました。誰かと思えば山形の金さんでした。絶対来てもらうのは困るという内容でした。先日は全く予想外のことで自宅まで訪ねて会いに行くといったものの、冷静になって考えてみたらすでに婚約者のいる相手に会いにわざわざ山形まで行くのはあり得ないことです。大学時代に立てた金さんとの結婚作戦は大失敗に終わりました。

四月一日、教室の掃除も入念に終わり、学生を受け入れる準備を万端に整え入学式の日を迎えました。生まれて初めて受け持つ学生との初顔合わせです。卒業のときにアボジに買ってもらった背広を着て入学式に参加しました。担任の紹介が終わって教室に移動し、初ホームルームです。初めて学生と父兄の前に立つのですごく緊張しました。一年七組は女子学生のクラスで五二人でした。男子のクラスは大体三七人ぐらい、女子のクラスは人数が多かったのです。

七組には総連中央の韓議長の次女と二代目議長になる徐氏の長女がいました。徐氏は金第一副議長を批判する会議で功績を認められて総連中央に昇格し、広島から上京していたのでした。五二人のマンモスクラスなので学生の指導も授業も簡単ではありませんでした。家庭訪問も全ての家庭を回るのは時間がかかる上に議長の家にも行かないと駄目なのかなあと、あれこれ考えているうちに一週間があっという間に過ぎました。

ある日学年主任に呼ばれました。行って見ると、担任のクラスを換えるということでした。よくよく聞いてみると、一年二組の担任が、クラス指導がうまくいかずに困っているので換わってもらえないかということでした。私も女子クラスで苦労していたので、願ったり叶ったりで、即受け入れました。七組は京都朝鮮中高級学校から転任してきた女性教師が担当することになりました。

一年二組は三四人クラスです。生徒の資料を見て学生を把握することから始めました。学生の中学時代の成績、性格、趣味、生活態度等しっかり把握し、クラス委員を決めました。朝鮮高校では学級委員長を班長と呼びます。なので「一年二組」ではなく「一年二班」と呼びます。班長は東京朝鮮中高級学校の中級部出身の尹《ユン》君に担当してもらうことにしました。尹君はバスケット部でなかなか男気のある子でした。組織担当副班長には、埼玉出身の崔《チエ》君、宣伝担当副班長には三多摩第一出身の金君を指名しました。サッカー部の子が多く、なかなか良いクラスでした。

クラブ活動は空手部の顧問をすることにしました。私自身もまだ空手を続けたかったので、ちょうど良かったと思いました。以前から憧れの極真会館の大山倍達館長の指導を受けたいと思っていました。大阪に行けば無理だと諦めていたのに、意外にも十条の学校で働くことになったので、池袋の極真会館で空手を習える可能性が出てきました。

学校生活にも慣れてきたので、早速、池袋の極真会館の門を叩いて入門し、週三回は道場に行くことにしました。この当時の極真会館の師範は、そうそうたるメンバーでした。第一回世界空手道オープントーナメント優勝者の佐藤勝昭師範、同二位の盧山初雄師範、東孝師範、東谷巧師範、大石代悟師範、佐藤俊和師範等々が代わる代わる教えていました。極真会館では他の道場と違い実戦組手ができるのです。他の道場では、寸止めの組手しかできません。この道場には二年間通ったのですが、本当に鍛えられました。

クラスの父兄にもとてもよくしてもらいました。家庭訪問に行くと必ず御馳走が出ます。新宿の金君の家に行ったときは刺身が出て、あまりにも美味しいのでビールをたらふく飲んでしまいました。少し時間が経って、金君のアボジがオモニにビールを持って来るようにいいました。オモニがドアを開けて「アボジ、もうないよ」とおっしゃいました。ビールワンケース二〇本を全部飲んでしまったのです、ほとんど私一人で。学生時代付き合い程度で飲んだことはありましたが、とことん飲んだ経験は初めてでしたので、自分でも自分の酒量に驚きました。私のアボジが大酒のみだということは、よーく知っていたので、アボジに似ているのがよくわかりました。

空手部での合宿（千葉県九十九里浜、1985 年）

池袋で電車に乗って寝てしまったのですが、気がついて飛び降りた駅が下板橋駅でした。成増行きだったので、何往復したのでしょう、次に来た電車が最終でした。

東武東上線の下赤塚から通学している鄭《チョン》君の家に家庭訪問したときのことです。鄭君のオモニにすごく気に入られ、歳とか名前、本貫、私のアボジの出身地とかを根掘り葉掘り聞かれました。オモニとお話をしている最中に鄭君の姉が帰ってきました。大学の一年先輩で、歴史地理学部出身、卒業後は荒川区にある東京朝鮮第一初中級学校で先生をしていました。私が大学一年のとき、キャンパスで初めて彼女を見たときにはきれいな子だなあと見惚れたものです。彼女は歌もうまく、よく大学の講堂で歌を聞かされたものです。鄭君のアボジも帰って来られて、挨拶し、お暇するときに、オモニが「また遊びに来なさい」といってくれました。この家庭訪問がきっかけで、後々、鄭君のお姉さんと結婚することになるのですが、このときは、全く想像もできませんでした。

教員になって初めての夏休みがやってきました。夏休みは何もしなくていいものだと思っていたのですが、とんでもありません、高一の担任である私に、高三の夏期宣伝隊の指導に行くようにいうのです。高一の先生の中で私だけでした。今でも理由はわからないのですが、渋世（渋谷・世田谷）支部を担当しろということでした。学生たちの宿泊所は、当時世田谷区の太子堂にあった東京朝鮮第八初級学校です。大学を卒業したので、夏期宣伝隊とは永遠のお別れだと思っていたのに、ショックでした。七月の末から八月の中旬まで一年で一番暑い時期です。今年は、学校の先生になったので、早く明石の家に帰って、五年ぶりに海に行くぞと思っていたのですが。

渋世支部には朝大生が二、三人、高校生が一〇人ぐらい配属されました。上板橋から通うのも大変なので、学校に泊まることにしました。朝起きて朝礼をし、掃除、朝食の準備、朝食です。夕方までは予定がびっしり入っているので問題はないのですが、夜になると学生たちが悪さをするかもしれないので、神経をとがらせます。八月に入ったある日のことです。教室に誰もいないので、校門の守衛室で待っていたところ高校生が帰ってきました。皆顔が赤いのです。一杯ひっかけてきたのは間違いありません。守衛室に立たせ、女の子も一緒に往復ビンタです。新米の高一の教師ですから逆らうかもしれませんがお構いなしです。きつく叱って二度とこういうことがないようにしなさいといい聞かせました。皆素直に聞きました。

昼寝の時間もあるのですが、ある日、校長先生が金日成元帥革命歴史研究室の前で大声を出されていました。何事かと思い現場に行くと、中に誰かいるというではありませんか、中から鍵をかけているので、私は大声で開けろと怒鳴りました。中から男女のカップルが恥ずかしそうに出てきました。四〇度以上の密室で何をしていたのか、本当に呆れました。

八月一五日、祖国解放記念大会は東京朝鮮中高級学校内にある東京朝鮮文化会館で、毎年開催されます。大会が終わると教員たちも夏休みです。

夏休みに山ごもりをして、空手の特訓をすることにしていました。場所は群馬の榛名山です。一年二組の金君を誘って行きました。金君は空手部には入らなかったのですが、町道場に通っている空手大好き少年でした。四泊五日のスケジュールで、榛名湖畔のバンガローを借りて二人で空手の特訓をやりました。金君は根性のある子で、ついて来れるかどうか心配したのですが、私以上にスタミナのある子でした。山ごもりも無事終わり、私は即刻帰省しました。季節外れでしたが海にも入り、短い夏休みを過ごしました。当時、茨城に行ったいとこの妹が家から神戸朝鮮高校に通っていました。私が説得して朝鮮高校に入れたのです。お兄さんみたいに一生懸命勉強して、早く立派な朝鮮人になりなさいと諭して聞かせました。

二　商業科教育の重要性

短い夏休みを終えて東京に戻りました。二学期に入るとすぐ運動会の準備です。基本、午前中は授業、午後から運動会の練習の毎日でした。

運動会の練習中に突然校長先生に呼ばれました。校長室に入ると、校長先生は私に「簿記を勉強してみないか」とおっしゃるのでした。私には簿記というものが何かもわからないときでした。夜専門学校に行って簿記を勉強して、商業科の学生に教えて欲しいということでした。商業科ができて二年目に入ったものの簿記を教える教師がいない。初年度は都商工会から人が教えに来てはくれるのだがよく休むので自習が多くて困っているとのことです。私はこの学校に来たのももともと自分の意思ではなく組織の命令で来たので、簿記も勉強して教えろといわれれば「教えます」と答えました。

早速村田簿記学校に行って、速成科の入学手続きを済ませました。九月の途中だったと思います。授業、運動会の練習、夜は極真会館で空手の練習、さらに週三回簿記の勉強です。簿記学校に行くことになったので、教員寮に入ることにしました。仕事帰りに池袋駅に降りて池袋の道場によって上板橋に帰っていたのですが、スケジュールがハードになったので、寮に入ることにしたのです。ハードスケジュールでしたが、充実した生活でした。一一月の日商簿記検定試験でやっと三級に合格しました。三学期から授業を始めました。インスタントの簿記先生の誕生です。

私の人生は組織によって大きく左右されました。組織の決定に従わなければ、今日の私は無かったと思います。組織の決定通り従って後悔している人も結構多いと思いますが、私の場合は、逆に良いほうに良いほうに行ったみたいです。簿記が何なのか全く知らずに、簿記の世界に入りました。とはいえ簿記との出会いは私の人生で最高の出会いだったと思っています。速成科を終え、次のコースに進みました。日商簿記の一級までとってさらに税理士を目指すことにしました。

一年目で特に印象深いことは学生服指導でした。当時、全国的に朝鮮高校の学生服は乱れに乱れていました。学校の規則外の長ラン、紺色の学生服、茶色の学生服等が溢れかえっていました。朝鮮高校の生徒が学生服にこだわるのにはわけがありました。朝鮮高校は、日本の少数派で差別と偏見の中で生活しているのです。朝鮮人だからといって馬鹿にされたくない、負けたくないという意識がすごく強いのです。それが学生服の長ランという形に反映されていました。しかし実際のところ、客観的に見れば学校のイメージをかなり落としている要因にもなっていました。学校側は学生服指導を強化することになったのです。襟の高さを規定通り四・五センチに直すこと、袖の長さは手を下げた状態の親指より短くすること、学生服の色は黒以外は駄目、これをいついつまでにやるように、と学生たちに通達しました。学生たちの不満は大変なものでした。

通達の期限日になりました。放課後クラス別に一斉に検査をして、直していない学生服は、没収して学校で修理に出すことにしました。学生服の指導はこの後、数年間にわたって行われました。この子たちが高三の時、一斉蜂起して学内が大混乱に陥るのです。収拾に大変骨が折れました。ある日、違反している長ランにはさみを入れたときのことです。はさみを入れて持って行くようにいうと、その学生は学生服を床に投げつけました。

私はすかさず学生服を拾って、その学生の席に行きました。私が大声で怒鳴りつけたものですからてっきり、学生が殴られると思ったのでしょう。二〇人近い学生が一斉に立ち上がりました。私は学生たちに静かに座るようにいいました。このとき私が学生を殴っていたら学生たちは私に飛びかかって来たと思います。

学生服の問題は最終的にはブレザーに変更して根本的な解決を見ることになります。

教員生活二年目に商業科に回されました。商業科一年一組の担任を任され、授業は簿記会計を担当しました。新しく担当するクラスは五〇人近いクラスです。何故こんなに学生数が多いかというと、商業科に人気があるからではありませんでした。ほとんどが一、二次試験に落ちた学生で、高校に入学したければ商業科に行けといわれ、やむなく来ているというような状況でした。初めてのホームルームで感じたのは、かなりガラの悪い学生が集まったなという印象でした。相当厳しく指導したものですから一週間もしないうちに一〇人ぐらい学校を辞めました。北海道、茨城、神奈川、栃木等地方出身の学生もいました。地方からは東京朝高に入れないのですが、商業科は別でした。

二年目に担当したこのクラスも印象深いクラスでした。四〇年近い歳月が経ちましたが、今でもたまに会うことがあります。

五月の連休に練馬区の下赤塚に住んでいる叔父さんの家に遊びに行ったときのことで

す。当時叔父の家には電話がありませんでした。一軒家の二階を借りて住んでいたのですが、一階の人から「電話だよ」というではありませんか、一階の人の電話番号をどうやって調べたのかはわかりませんが、叔父が電話に出るとアボジが危篤だからすぐ帰れということでした。私はびっくりして次の日の朝早く帰りました。

アボジは明石市民病院に入院していたのですが、肝硬変で動脈瘤が破裂して洗面器いっぱい血を吐き、意識不明の状態でした。数日後、アボジは亡くなりました。今まで外祖父と叔父の亡くなるのを見ましたが、自分のアボジの死はすごいショックでした。人間の死に初めて向かい合った気がしました。アボジは自分の骨は祖国の韓国にある故郷の墓に埋めてくれという遺言を残していましたが、朝鮮籍の私たちは持っていけないので、当面、神戸の朝鮮の寺に預けることにしました。アボジの遺言はそれから二七年後に叶えられます。

教員生活三年目のことです。この年も商業科の一年生を担当しました。初めて男女共学のクラスを担当しました。男子だけのクラスと、一週間でしたが女子だけのクラスを担当したときに比べて、やはり男女共学がやりやすいと感じました。お互いに異性を意識するせいか教室に緊張感があるのです。

教職は私に合っていたようです。一生この仕事、この学校で仕事をやるぞと決めました。簿記を教えるのも面白いし、学生を教えるのも面白くやりがいを感じたのです。一年目は、高一社会で主体思想を教えましたが、高一にこんなのを教えてはたして学生たちがわかるのか、疑問でしたし反応もよくなく面白くない授業でした。それに比べて簿記は大変面白く、教える価値を感じました。私自身も簿記の勉強を続けながら授業をし、改めて感じたのです。簿記を中心とした商業科教育は在日の子弟教育において、とても重要なことではないのかと。在日が異国の地で生きて行くにはやはり商売をするしかない。商売をするにあたって、商業知識は必要不可欠のものだと思うようになりました。それだけではありません。商売していく上でお世話になるのが銀行と商工会ですが、その銀行と商工会に必要な人材を育てるには高校での商業科教育が重要だと私の生涯の目標が決まった瞬間でした。

祖国と民族のため、在日同胞のために生きるのが私の人生の目的でしたが、そのためには、具体的に学校で商業科教育に全てを捧げていこうと思ったのです。東京朝高で学生たちに商業を教え有能な人材に育てることを、確固たる生涯の目標にしました。その目標を達成するために、私自身がまず有能な商業科教育のスペシャリストになろうと思いました。

校長先生に会ってこの気持ちを伝えました。日本の大学の経営学部、商学部卒業生を迎えることが無理ならば、私自身が勉強して学生たちを教えたいと熱く語りました。校長先生も賛同してくれました。大学に行って勉強するのならば、学費は学校のほうで出すとまでいってくれました。私は、勇気百倍、二部の商科短大に行くことにしたのです。いろいろ考えた結果、中央商科短期大学税理士コースに決めました。

夏休みに市ヶ谷の私学会館で、井上達雄先生と番場嘉一郎先生の日商簿記一級夏期特別講習会に参加したときのことです。講習会が終わって駅に向かって歩いていたとき、二年前担任した鄭君のお姉さん二人にばったり会いました。鄭君のご両親に気に入られて、いつでも遊びに来てくださいと、いわれていたのですが、彼も高三になって会う機会もなく過ごしていたのでした。鄭君のお姉さんに「引っ越して今茨城県の藤代に住んでいるので、一度遊びに来て下さい」と誘われました。

早速、鄭君に連絡して遊びに行くことにしました。久しぶりに鄭君のオモニにお会いして、いろいろお話をしました。洗濯物も図々しく持って行きました。オモニの話は長女は嫁に行ったのだけれど、次女も早く嫁に出したいので、良い人がいれば紹介して欲しいということでした。先生も考えてみて下さいとおっしゃいました。私はまだ結婚する気がないので、娘さんを学校に講師として、行かせてみてはどうですかと意見を出しました。うちの学校は大きいので、男子教師が沢山いますから、良い人に巡り合えるかもわからないじゃないですかと、申し上げました。ちょうど商業科の珠算と商業法規の先生が足りなかったのです。次女は鄭和根《チョンファグン》という方で私の一年先輩でした。歌がうまく一九七三年、大学代表で朝鮮に行き、金日成元帥の前で歌ったという経験の持ち主です。二年間東京朝鮮第一初中級学校で教鞭をとり辞めた後、宅建主任の資格を取って父親の仕事を手伝っていました。本人に確認した所、やってもいいということになり、二学期から来てもらいました。市ヶ谷で偶然合わなければ、こういうことにはならなかったと思います。彼女とは何か運命的なものを感じます。いろいろあったのですが、結局、彼女と結婚の約束をすることになります。一番大きな理由は、彼女の両親が私のことを気に入ってくれたことでしょう。私は税理士の資格を取るまでは結婚しないつもりでしたので、それまで待てるならという条件で彼女との結婚の約束をしました。

二学期の終わり頃だったと思います、高三の男子生徒が暴動を起こしました。私が新任のとき最初に担当した学生たちです。三年間学生服指導を厳しく受けた生徒たちでした。学生服指導に対する反感でした。運動場で先生たちとの集団交渉を持ちかけて来たのでした。体育館に移動させて話し合いをしたのですが、決裂して学生たちは集団で校門に向かって走り出しました。私は高一担当なので話し合いの席にはいなかったのですが、校門に待機していました。学生たちが集団で校門めがけて走ってきました。一人で止める訳にもいかず、どうすべきか躊躇しているそのとき、運動場でラグビー部の練習を指導していた金武正《キムムジョン》先生が走って来て、学生たちを呼びとめました。男気があって、学生たちが一目も二目も置いている先生でした。一〇〇人以上の学生たちが先生のいうとおり留まったのを見て、私もさすがだなと感心しきりでした。朝鮮高校の先生たちは皆、結構根性が座っていたのですが、金先生は特別でした。学生らは先生の指示でいったん体育館に戻り、ふたたび話し合いの場がもたれました。しかし学生服の問題については学生と教員の対立の溝が埋まることがありませんでした。

鄭先生との結婚は私が税理士の資格を取った後の話でしたが、私のオモニには紹介したほうが良いと思い、冬休みに鄭先生を家に呼ぶことにしました。オモニも兄もすごく気にいったようでした。彼女の両親が、どうせ結婚するのだから、早く親同士が顔合わせをしたほうがいいといい出して、結局そういうことになりました。私の計画とは違い、話がどんどん進んでいくのです。今度は鄭先生のアボジが家を借りてきて、「趙先生、そこに住みなさい」というではありませんか。そのときちょうど私は大塚の留学生同盟（在日本朝鮮留学生同盟）の寮に住んでいました。教員寮を建て替えることになって、その間そこに住むようになったのです。彼女のアボジが借りてくれた家は千葉県の柏市にありました。学校まで通うのが大変ですが二階建てで四Kの一軒家でしたので、それが魅力でした。アボジの術中にはまった気もしますが、素直に従うことにしました。借家とはいえ一軒家に住むのは、私が生まれたアボジが建てた山口の家以来です。大阪の土方の飯場、明石の飯場、趙叔父さんに借りた長屋、アパートと住まいが転々として来た私にとって、借家でも庭付きの一軒家は気持ちのいいものです。

中央商科の入学試験にも合格して、一九七八年の三月の初め頃、柏市初石の家に引っ越しました。学校まで一時間半ぐらいかかったと思います。彼女の実家から車で三〇～四〇分ぐらいの所にありました。

引っ越しも終わり、後は大学の入学手続きが控えていました。この大事な時期に大変なことが待っていました。校長先生が突然代わったのです。新しく総連中央から宋校長が赴任して来ました。宋校長は東大独文科卒のエリートでした。大学入学手続きの締め切りが近づいてきました。私は校長先生に掛け合い「前任の校長先生が大学の費用を全部学校が出してくれると約束して下さったのですが」といいましたが、「そんな話は初耳だ、調べてみる」といわれてしまいました。入学手続き締め切りの日に校長先生を訪ねました。商業科の主任と集団（教員集団）長も同席しました。結論は「出せない」ということでした。

三月にしては珍しく大雨の日でした。確か五五万円必要だったと思います。雨の中を靴とズボンをびしょぬれにしながら、落胆して大学に向かったことを昨日のように覚えています。お金は小学校のときから貯めてきた貯金を下ろして出しました。どんなにお腹がすいても欲しい物があっても、この金だけは使わず大事にして来たお金でしたが、二年間の大学の費用でほとんどなくなりました。

大学の費用を出してもらえなかっただけではありません、四月からは専任から外れて時間講師にさせられました。一時間千円です。大志を抱いてそれを貫徹することは、簡単なことではありませんでした。二年後、あいつは大学を卒業すると教員を辞めて税理士の資格を取って、金儲けでもするのだろうとか、いろいろいわれながら歯を食いしばって勉強しました。

空手部の指導は若い先生に任せ、授業と週一の空手道場、そして大学に毎日通いました。極真会館は、二年間で辞めて、当時、下高井戸の倫武館という道場で、荒川武仙先生の指導を受けていました。極真では最後まで大山館長の指導を受けることができませんでした。最初の頃は、強い先輩の指導を受けることができたのですが、だんだん先輩が出て来なくなり、最後のほうは、良いときで茶帯、悪いときは緑帯が教えるようになったのです。それで直接先生の指導を受けられる倫武館に行くことにしました。倫武館も結婚してからは辞めました。極真と倫武館合わせて三年半通ったことになります。空手道場は、ずーっと続けたかったのですが、やはり無理でした。学校で学生と一緒にやることにしました。

大学は地下鉄東西線の茅場町にありました。授業が終わり、途中夕食を済ませ六時から九時まで大学で勉強しました。一番しんどかったのは英語でした。週二回、一時限が九〇分でした。英語は苦手なので、ついて行くのに必死でした。友だちもでき結構充実していたのですが、体育の教授にはまいりました。朝鮮人を露骨に馬鹿にするのです。「最近の若い奴はなんだ、朝鮮人が履くような変な靴を履いて、馬鹿じゃないのか」。小学校のときに受けて以来の民族差別を大学で経験しました。さらに大学は「税理士コース」だと宣伝していたのに、内容そのものは大したことがありませんでした。分厚い教科書を買わされたのですが、一〇分の一も消化せずに授業は終わりました。税理士コースを終えれば必ず税理士になれると思っていたのに、甘かったようです。

三　結婚、長男の誕生

ハードな毎日を過ごしていたので、結婚を早めたほうが良いと思い、七月二日に結婚式を挙げることにしました。私の家族も賛成だし、彼女はもちろんのこと、彼女の両親も大賛成でした。式は銀座の中央会館で挙げることにしました。公立なので安いし銀座というネームバリューが気に入りました。中央区立の公民館なので一〇〇人ぐらいしか入れません、参加者を絞るのが大変でした。学期の途中だから、新婚旅行は夏休みに行くことにしました。三泊四日で沖縄です。旅行会社に勤めていた神戸の同級生が「結婚式が終わって、そのまま家というのは、ちょっと寂しいのと違うか」といって、日光の金谷ホテルを一泊二日でプレゼントしてくれました。

金谷ホテルで泊まって、次の日、華厳の滝、中禅寺湖、東照宮を観光し家に帰りました。日光は三回目です。大学二年の夏期宣伝隊、教師二年目の家庭訪問の時以来です。金谷ホテルで長男が授かったようです。長男の名前は義父が付けてくれたのですが、なんと、晃來《ファンレ》です。「晃」という名前は、漢字をばらすと「日光」になります。もちろん偶然でしょうが。

二学期に入って生活が大変厳しいので、校長先生に専任講師にしてくれるようお願いしました。大学の学費もかかるし、所帯を持ったので、時間講師だと生活が苦しかったのです。夏冬の賞与は出ませんが、給与は先生と同じく頂きました。妻のお腹は見る見るうちに大きくなっていきました。妻の両親は大喜びでした。私は仕事と学業を両立させるのに必死でした。九時に授業を終えて、家に着くのは一一時頃でした。一二時に寝て朝五時に起きないと間に合いません。時間講師のときは、授業に間に合えばよかったのですが、専任講師は八時まで学校に行かなければいけないのです。六時過ぎに車で初石駅まで送ってもらい、初石駅から東武野田線で柏まで行きます。柏で国鉄常磐線に乗り換えて日暮里まで行き、日暮里から京浜東北線で東十条まで行きます。東十条駅から学校までは、歩いて一〇分ぐらいかかりました。柏駅は乗り換えの客でごった返し、毎日のように入場規制がかかるほどでした。

妻は結婚を機に講師を辞めて義父の仕事を手伝うようになっていました。お腹が大きくなってきたので、送り迎えも大変だったと思います。あまりにも忙しかったので、私たちには新婚生活がなかったような気がします。翌年の四月一六日に長男が生まれました。長男が生まれる前に家を引っ越しました。初石の家を誰かが買ったので、私たちは出て行かなければいけなくなったのです。また義父が家を探してくれたのですが、茨城の竜ケ崎でした。新築の立派な家でしたが、遠すぎて通勤が大変なので、藤代の妻の実家から通いました。藤代は日暮里から一本なので通勤時間は変わりませんでした。妻も臨月で実家に帰っていましたので、私も一緒について行きました。荷物だけ竜ケ崎の家に運び週末だけ自分の家に帰る生活です。

一九七九年の一〇月に大事件が勃発しました。韓国の朴正煕《パクチョンヒ》大統領が側近に暗殺されたのです。ちょうど日曜日だったと思います。私は妻の実家で寝ていたのですが、妻が騒がしく私を起こしました。朴大統領が暗殺されたというではありませんか。びっくりして飛び起きました。すぐテレビを見たのですが、間違いありません、ＫＣＩＡの金載圭《キムジェギュ》部長が殺したということでした。釜山と馬山で暴動が起きて政情が不安定だったのですが、独裁体制だったので、よもや大統領が殺されるとは夢にも思いませんでした。次の日、学校でもその話で持ちきりでした。絶対的権力を握っていた朴大統領もアメリカに逆らえば生きていけないのだということを見せつけられた事件でした。朴大統領の死で韓国は大きく変わるだろうと思いました。その後、崔圭夏《チェギュハ》氏が大統領代行になったのですが、一二月に全斗煥《チョンドファン》保安司令官がクーデターを起こし権力を掌握します。激動の情勢の中で一九八〇年の新年を迎えました。

年が明け、私は大学卒業準備で大わらわです。単位を全てとり無事卒業できそうなのでやれやれでした。卒業を控えたある日、校長室に呼ばれました。校長先生が卒業後どうするのかと聞くのです。私は二年前に申し上げた通り教員に復帰するといいました。商業科の一人前の教師になるために大学に行ったので、当然、教員に復帰するのだと。校長先生は驚いた様子でした。てっきり、皆が噂しているように学校を辞めるものだと思っていたようです。

教務委員会(学校の最高意思決定機関)で、校長が私の話をされたということを教務部副部長に後日聞きました。裏でいろいろいわれながらも初心を忘れず、大学を卒業し教員に復帰するということは立派なことだと高く評価すべきだと。やっと、私の真心を理解してくれたのだと苦労が報われた気がしました。でもまだまだやることがいっぱいで、満足できる水準ではありません。税理士の資格を取り、日本一の簿記教育の先生になるため、より一層精進しなければいけないのです。

四月から専任の教員に戻りました。三年間高一の担任をしましたが、このとき高三の担任を初めて任されました。男子九人、女子二一人の男女共学のクラスです。男子生徒よりも女子の方が強いクラスでした。私は、女子よりも男子生徒を前面に出すように心掛けました。高二のときは、女子が班長を任されていましたが、男子生徒を班長にし、クラスを引っ張って行くようにしました。

「無遅刻無欠席一〇〇日運動」を展開することをクラス総会で決め、運動を展開していきました。高二までは、無気力だった男子が積極的にクラス活動に参加するようになりました。無遅刻一〇〇日は達成できなかったのですが、無欠席一〇〇日は達成しました。簿記検定試験にもほとんどの学生が三級を合格し、二〇人以上の学生が二級にも合格しました。修学旅行中に毎年恒例になっているクラス対抗芸術発表会で、光州事件（一九八〇年五月一八日）を題材にした演目で特別賞を取りました。五月に韓国の光州で韓国の民主化を求める学生たちの大規模なデモが起きたのです。クーデターで大統領に就任した全斗煥は、特殊部隊を派遣しデモを無慈悲に弾圧しました。たくさんの学生、市民が犠牲になったのです。この事件を題材にした寸劇を学生たちが感動的に演じたのです。大変思い出深い学生たちでした。

この年の四月一六日は長男の一歳の誕生日です。このときに住んでいたのは、茨城の取手でした。結婚して二回目の引っ越しです。高三教員全員を取手の家に招待しました。宴たけなわ、遅れて同僚の夫婦がやってきました。このとき一番早くやって来て静かに飲んでいた英語の先生が突然大声で叫びました。「こら！　タコ、今何時だと思っているんだ、この馬鹿野郎！」一瞬みんな唖然としました。この遅れて来た先生のあだ名が「タコ」だったのです。英語の先生は普段は非常におとなしい方なのですが、酒癖が悪かったのでした。早々お開きにしたのですが、英語の先生を連れて帰るのにみなさん大変苦労されたみたいです。それ以来、英語の先生とは二度と一緒に酒は飲みませんでした。

七月に初めて税理士の簿記論と財務諸表論の試験を受けました。確か七月末にあったと思います。暑い日でした。試験会場は池袋の立教大学でした。手ごたえはあったのですが、残念ながら二科目とも不合格でした。先輩の先生に「教員をしながら税理士を目指すのは、難しいぞ」といわれていたのですが、その通りでした。専門学校に行きながら一年に一科目ずつとって行けばいいのですが、担任を受け持ちクラブ活動の顧問をしながら独学でやるのはちょっと無理があったようです。三年ぐらい挑戦しましたが、仕事が忙しくなるにつれて勉強のほうがおろそかになっていきました。専門学校に行く時間もお金もありませんでした。

ただ商業科教育に対する情熱は、冷めることはありませんでした。日本の社会でも商業科を軽く見る傾向がありましたが、朝鮮高校も同じでした。一九七四年に東京と大阪の高校に商業科が併設されたのですが、なんの準備もなくスタートしたものですから、うまく行かなかったのです。商業科の専門の教師もいなくて、教科書は手書きの朝鮮語の教科書を使っていたのです。上を頼ることもできない、全て自分で解決していくぞと、心に強く決めていました。

一九七四年の一年目は三クラス分の学生が集まりました。二年目、三年目は、男子クラスと女子クラス各一クラスずつ。四年目からは男子が減って男女共学一クラス、女子一クラス。七年目に入ると男子はいなくなり生徒数も一二人に減りました。商業科を強化するにも学生がいなければ、所詮無理な話です。

私は、まず生徒数を増やすことから着手することにしました。生徒数が一二人に減った年から校長先生に掛け合い、一〇校の中学を回り、中三の学生に対する商業科説明会を実施することにしました。学校の車を借りて、遠い所は千葉、西東京第一まで毎年説明しに行きました。そのかいもあり徐々に学生数は増えて行きました。

教科書も校長先生に許可をもらって日本の商業高校の教科書を使うようにしました。教員は朝鮮大学の経営学部卒業生を受け入れるよう働き掛け、陣容を整えて行きました。各種検定試験も簿記、珠算、電卓、英文タイプライター、情報処理等充実させていきました。簿記検定試験は、日商（日本商工会議所）、全経（全国経理学校協会）、全商（全国商業高等学校協会）の三つを全て受けるようにし、全経と全商は私たちの学校で受験できるよう体制を整えました。また合格率を高めるため、授業の質を高めると同時に、放課後の補習、特別学習会等組織するようにしました。

努力の甲斐もあり商業科への評判、評価も徐々に高まって行きました。学生たちの間だけではなく父兄、信用組合、商工会等全般的に商業科への関心が高まったのです。財政難の中、授業に必要な資材、器具等も学校に提起し完備して行きました。

初めて担当した高三の学生たちが卒業し、今度は高一の学生を初めて受け持つことになりました。一二名の女子だけのクラスです。商業科始まって以来の最少人数のクラスです。家庭環境が複雑で不安定な学生が多く、成績の格差も大きいクラスでした。このクラスには、最大限力を注ぎ、学生たちを立派に育て、送り出さなければいけないと固く誓いました。結局このクラスを三年間担当することになります。

四　生まれて初めて見る祖国

五月のことです。校長室に呼ばれました。大先輩の李三才先生と二人でした。第九回総連教員代表団に選ばれて祖国に行けることになったというお話でした。一九七二年から始まった祖国訪問で毎年学校を代表して一、二名が祖国を訪問して来ましたが、教員七年目の私はまだ早いと思っていました。一〇〇人以上の教職員がいる我校では順番から行くとまだずーっと後のほうになるからです。

私が選ばれた理由は、第一に弟が帰国して祖国にいるということ、もう一つは商業科教育発展のため、二年間自費で大学に行ったということを校長先生が高く評価してくれたからだと思います。とにかく思ってもいなかったので、驚くとともに嬉しく思いました。

金日成元帥がいられる理想の社会主義国朝鮮、弟のいる祖国に行けるという夢のような話が突然湧いて来たのです。

新潟を出発したのは六月五日頃だったと思います。当時私はまだ二九歳で代表団の中では一番若かったと思います。天気は良かったのですが、なにしろ船に弱いので食事もしないでずーっと寝ていたと思います。「祖国が見える」と聞いて起き出しました。甲板に出てみると祖国が見えました。生まれて初めて見る祖国です、胸がいっぱいになりました。涙が止まりません、アボジが四〇年前に離れた祖国に、その息子が初めて来たのだという感動です。アボジは南の地方の出身ですが、私にとって韓国も朝鮮も同じ一つの祖国です。

元山港は迎えの人でいっぱいです。弟を必死に探しましたがもちろん来ていませんでした。「金日成将軍の歌」を歌いながら感動の涙を流しました。元山から汽車で平壌《ピョンヤン》に向かいました。途中車窓から見てもいかに国が遅れているのか、よく実感できました。特別列車ということでしたが、日本の電車とは比べ物になりません。

ピョンヤン駅に着いてバスで万寿台《マンスデ》に行きました。金日成元帥の銅像も立派で驚きましたが、左右の群像の素晴らしさに圧倒されました。丘の上から見たピョンヤンの景色は、美しいことは美しいのですが、ビルも小さくこじんまりした感じを受けました。

ホテルは、蒼光山《チャングァンサン》ホテルです。スケート場（ピンサングァン）、ピョンヤン体育館のすぐ傍にあるホテルです。外から見たら高層の立派なホテルでしたが、中に入ると内装がよくなくて施工レベルも低いように感じました。さらに驚いたのは停電が多いことと断水がよく起こることでした。弟の手紙である程度わかっているつもりでしたが、現実はもっと衝撃的でした。お湯も一日に二時間ぐらいしか出ませんでした。お湯の出る三時から五時の間に風呂に入らなければ水でシャワーするしかありません。

朝鮮訪問中、一番のビッグイベントは白頭山に登ったことです。ピョンヤンから飛行機で三池淵《サムジヨン》飛行場まで飛んで、三池淵からバスで白頭山《ペクトサン》の麓まで行き、そこから歩いて登りました。絶景でした。白頭山周辺は、金日成元帥の革命戦跡地です。私は高校時代から金日成元帥の革命歴史をよく勉強したので、馴染み深い所でした。金日成元帥が初めて国内に進出し日本軍と戦った普天堡《ポチョンボ》、その普天堡記念塔がある恵山《ヘサン》、甲茂《カンム》警備道路、茂山《ムサン》戦闘戦跡地等、これまで本でしか読んだことのなかった世界を回りました。

金日成主席の生誕の地、万景台《マンギョンデ》、主席の父母の墓、大城山《テソンサン》革命烈士陵等ピョンヤン市内の参観も終わりました。大城山革命烈士陵は素晴らしいものでした。主席と共に戦った戦友たちの墓です。最上段の中央に主席の最初の夫人の全身像、あとはそれぞれの功績によって半身像が並べられていました。主席の還暦に際し主席の発案によってつくられたものです。祖国の解放を見ることもなく散った革命同志を偲んで造ったのです。私が本で知った人たちが全部網羅されていました。強い感動を覚えました。

学習も終わり、朝鮮の名勝地である金剛山《クムガンサン》、妙香山《ミヨヒャンサン》めぐりに行きました。白頭山地域は学習を兼ねていましたが、今度は純粋に観光です。元山《ウォンサン》まで列車で行き、さらにそこからバスで金剛山まで行きました。金剛山ホテルに泊まって次の日に山に登りました。私は登山は苦手なのですが、このときばかりは積極的に参加しました。今まで見たことのない素晴らしい景色でした。

次の日は三日浦《サミルポ》という有名な湖に行き、妙香山にも列車で行きました。今ではバスで行けるようになりましたが、当時

初めて訪れた祖国朝鮮にて
(1981年6月、前列右から2番目、白頭山の頂)

は道路がよくなく列車で行きました。妙香山には国際親善展覧館という立派な博物館があります。金日成主席が世界の指導者、国家元首、著名人から頂いた贈り物が展示されている所です。一見の価値はあります。

参観、学習、観光等全ての予定が終わり、残るは親族訪問だけとなりました。弟も報道を通して私が朝鮮にいることはわかっているわけですから、今か今かと待ちわびていることでしょう。ピョンヤンから弟のいる海州《ヘジュ》に向かって出発しました。二時間ぐらいかかりました。東京朝鮮第三初級学校の朴先生と一緒でした。朴先生は以前、私と同じ学校にいた先輩です。家にも呼んでもらったりして、よくして頂きました。彼も海州に弟がいました。

海州市の入口あたりに弟が迎えに来ていました。一〇年ぶりの再会です。少し大人びていましたが、そんなに変わってはいませんでした。家では弟の嫁さん、嫁の母、弟妹が待っていました。二歳になる娘もいました。食事のときは市、道の幹部たちが同席し、そのあと彼らは先に帰りました。

酒をたらふく飲んだ後、一服して二人きりで話を交わしました。一〇年間のできごとを全て聞きました。当初思っていたよりも朝鮮の現実は厳しい。社会主義理想の国だと思っていたけど、矛盾が多いということ、だけどまだまだ可能性があるので、夢を諦めず頑張るつもりだと弟は話してました。

弟は三階建てのアパートの二階に住んでいたと思います。電気はほとんど来ません。テレビも冷蔵庫もただの箱です。テレビはそれでも一日に一、二時間見れることもありますが、冷蔵庫は使えません。水道はついているものの飲める水は出ません。飲み水は湧水を汲みに行き確保します。ごはんも汲んで来た水で炊いていました。水道水は顔を洗ったり掃除をするときに使います。トイレと風呂は付いていますが、水洗設備がないので、風呂桶にためた水で汚物を流します。風呂を沸かす装置はありません。お湯を沸かして湯船に入れるのですが、練炭でお湯を沸かすので大変です。風呂に入りたいが、どうすればいいのかと弟に尋ねました。「我慢してくれ」とのことでした。銭湯があるにはあるのだけれど、そこに連れて行くわけにはいかないという話でした。まず、お湯が出ない、衛生上日本から来た人を連れていけないということでした。やむなくピョンヤンに帰るまで我慢しました。

弟と別れてピョンヤンに向かって車を走らせたのですが、気持ちは複雑でした。

ピョンヤンから海州までの道は、舗装状態が非常に悪く乗り心地が最悪でした。ピョンヤンから途中の沙里院《サリウォン》ま

弟（前列中央）の家を初訪問時に。
（1981 年、著者は後列右から 3 番目）

では、まだましでしたが、沙里院から海州までがひどい道でした。

親族訪問が終わり、後は日本に帰る準備です。

私たちも政府の要人と面会がありました。朝鮮を代表して出て来たのは朝鮮労働党中央委員会書記でした。高級幹部です。黄長燁《ファンチャンヨプ》という方で思想担当書記をしているとのことでした。その後この人物は一九九七年日本訪問後、北京経由で韓国に亡命してしまいました。面会のとき何か話がありましたが、このときの内容は憶えていません。面会後、国からの贈り物を頂きました。妻はスイス製のオメガの金日成主席の名前入り腕時計とかでしたが、私たちは自慢できるようなものは無かったと思います。でも、国からの贈り物ですから有り難く頂いて、日本に持って帰りました。妻たちは一九七三年八月三一日、金日成主席にお会いし、教示（教え）も頂き主席の前で公演もしました。そのとき、写した写真が今でも飾ってあります。妻たちは朝鮮大学の初めての訪問団であり、また第一回教育代表団と一緒でしたので、待遇が月とスッポンといえるぐらい違ったのです。

日本に戻ってより一層仕事に励みました。約一か月席を外したのですが、代理の先生がしっかり学生の面倒を見てくれたので、特別問題はありませんでした。私が元気に戻って来たので、学生たちは喜んでくれました。

一九八一年は私にとって忘れられない年となりました。初めて高二、高三と二年続けて担任して卒業させた学生であるとともに、一七年間で一番印象に残る学生と出会えた年です。さらにまた生まれて初めて祖国朝鮮を訪問した年でもあります。

一九八二年の三月、仲良しの黄義孝先生が学校を辞めて出身地の山梨県の石和に戻ることになりました。大学の同級生で一緒に東京朝鮮中高級学校に配置され七年間苦楽を共にした同志です。彼も私と同じく一年ダブっていました。大学中に結核にかかり一年入院したせいです。もう一人同じ年に先生になった呉辰生先生も、東京朝高から中央大学に進学する時、浪人して同じくダブっていました。同じダブり組なので気が合い仲よくしていたのですが、自分たちで「三バカトリオ」といっていました。その一人が辞めるので残念でした。でもその後も一年に一回は二人で山梨まで遊びに行ったものです。

この年の春休みに茨城県取手から東京の北区十条にある教員寮に引っ越しました。

一九八二年度も同じクラスを受け持つことになりました。その年の九月二〇日に第二子が生まれました。男の子です。第一子は難産で結局帝王切開でしたが、第二子は、普通分娩で安産でした。運動会の練習中に電話があり、慌てて実家の近くの病院に向かったのですが、着いたときはすでに生まれていました。二人目も帝王切開かもしれないと思っていたので安心しました。名前は剛來《カンレ》としました。妻は二人目が生まれて取手まで通えなくなったので仕事を辞め、毎朝ゴミ集積所の新聞等を集めてそれを売って生活費の足しにするようになりました。私の給料では親子四人生活するのが苦しかったからです。もちろん私もこずかいはありません。二人目が一歳七か月になるまでぎりぎりの生活が続きました。二人目も三歳までは、保育園に預けずに自分の手元で育てたかったのですが、どうしても生活が苦しくて、保育園に預けることになりました。妻は一歳七か月の子どもを保育園に預けて、子どもが「オンマー（おかあちゃん）」と泣くのを聞きながら出るときは涙が出てしょうがなかったと今でもいっています。妻はマンションの管理人とかいろいろな仕事をしながら子どもを育てました。

私は、二二人の学生たちをしっかり教育し社会に送り出すため、全力を注いで子どもたちに向き合いました。この学生たちは私のことをとても慕ってくれました。高三になって担任の発表のときです、私の名前が呼ばれたとき、全員が歓声をあげて喜んでくれました。この年にこの学生たちと朝鮮に行くことになるとは、夢にも思いませんでした。

次男剛來の１歳を祝って
（1983年、教員寮にて）

一九八二年になると高三のクラスの中から優秀なクラスを選んで朝鮮に招待するということになりました。二学期の最後に私の担任するクラスが選ばれ、一一月の終わりころに朝鮮に行くことになったのです。実は模範クラスの表彰は全て終わっていたのですが、私が上部に掛け合ってなんとか認めてもらったのです。それほど学生たちが頑張ったのです。

将来朝鮮大学に送り、総連の幹部候補生に育てる対象の高校選抜祖国訪問団の中に無理に入れてもらいました。学生を連れて朝鮮を訪問するということは、本当は楽しい素晴らしいことなのですが、ちょっと事情が違いました。二二人の私のクラスだけなら問題はありませんでした。クラスのまとめ役の班長が他の代表団ですでに祖国訪問を済ませているので、彼らは招待の対象から外されてしまい一緒に行けなかったのです。東北、茨城、東京、神奈川、愛知、京都、大阪、神戸、広島、九州の一〇校から選抜された一〇〇人ぐらいの大部隊の中、私たちの女子クラスが入ったものですからそれはそれは大変なことになったのです。一〇〇人の男子の中に一九人の女子が混ざったのですから。

高校選抜代表団は全員男の子たちでした。それも全国から選びぬかれたエリートたちです。イケメンばかりです。一九人のうちのクラスの学生たちは舞い上がって大変でした。ピョンヤンのホテルの中では、別に問題は無かったのですが、妙香山に行く列車の中で大変気を使いました。一二月の朝鮮は、道が凍るので大変危険です。それで列車で行くことになったのです。軍事境界線の板門店に行くときは道が良いのでバスで行ったのですが、今度は、夜行列車です。夜行列車で山に遊びに行く感覚ですから遅くまで寝ないで、統率が難しく、私は、全然寝られませんでした。楽しいことよりも苦労した朝鮮訪問でした。船で四泊、朝鮮で一週間の日程でした。弟とは板門店に行く途中の沙里院市のホテルで昼食時間に一時間ぐらい会いました。去年会ったばかりなのに次の年も会えたので弟も驚いていました。学校の仕事をしている限り、これからも頻繁に会えるだろうといってきました。

朝鮮から帰って来て、後は卒業準備です。本人たちの希望する所に就職させるためにあらゆる努力を傾けました。努力の甲斐あって、全員希望に沿って就職させることができました。家庭の複雑な子もいたのですが、一人の中退者も出さず、全員卒業させることが叶い本当に良かったと思います。

二年間担任活動の傍ら、商業科学生募集活動を積極的に展開したおかげで、学生は徐々に増えて行きました。一九八〇年度二三人、一九八一年度二四人、一九八二年度三五人、一九八三年度には二クラスとなって計五八人、一九八四年度二クラス五〇人、一九八五年度三四人、一九八六年度三クラス九八人、一九八七年度三クラス一〇四人、一九八八年度三クラス九五人、一九八九年度三クラス八六人、一九九〇年度二クラス五六人。

一九九〇年度から減少にと転じます。原因は全体的な中学生の減少と私一人で毎年こなしてきた全中学生に対する商業科説明会の開催が難しくなってきた所にあったのではないのかと思われます。

一九八三年、また高三の担任をし、一九八四年度は高校二年の教科主任を担当しました。クラスの受け持ちはありませんでした。

一九八五年にまた模範学級を引率して朝鮮を訪問しました。三回目の朝鮮訪問です。このときは夏だったので白頭山、金剛山にも行きました。男女混合クラスで、男一〇、女一五人のクラスでした。自分のクラスだけ見れば良いので大変楽しい旅行でした。弟には前回と同様、板門店に行く途中の沙里院市のホテルで会いました。学生たちが昼食をとるので、そのとき会えるよう手配してくれたのです。弟と会うのは三回目です。このとき初めて平安北道徳川市に住んでいるいとこに会うことができました。叔母には一回目の朝鮮訪問のときに弟の家で会いました。いとこは小さい頃に山口の祖父母の家で会ったことがあります。まだ赤ちゃんでした。可愛い赤ちゃんだなあと思った記憶があります。成人して初めて会ったのですが、私が渡した一万

学生たちを連れて朝鮮を訪問（1982年、船中にて）

円札を見てたったのこれだけかという顔をしたので、すごくがっかりしました。二度と呼ぶものかと思いました。

このクラスも、私にとってとても印象深いクラスになりました。模範クラスの表彰を受けたクラスは、やはりちょっと違いました。忘れられない子どもたちです。

一九八六年三月に学校の食堂で仕事をする人が足りないのでうちの上さんに声がかかりました。妻もいろいろ悩んだのですが、私に学校の食堂で働いても良いかと聞いて来たので、君が良ければ私は構わないよと答えました。妻は四月から食堂で働くようになりました。食堂で働き始めてどのくらいたったのでしょうか、ある日倒れて病院に担ぎ込まれました。病名は貧血でした。一週間ぐらい入院しました。妻が入院中、私が子どもたちの面倒を見ました。長男を学校に行かせ次男を保育園に送って学校に行きました。仕事が終わって保育園に迎えに行くと、他の園児たちは皆帰って次男だけが一人残っていました。私の顔を見ると泣きました。次の日からなるべく早く迎えに行くようにしました。妻はその後退院したのですが、結局子宮筋腫で手術することになりました。この年の四月に長男が小学校に入学、東京朝鮮第一初中級学校の初級部です。妻のおかげで子どもたちは二人ともすくすくと育ちました。最初は長男を抱えて、片道二時間弱の通勤をしながら子どもを育てました。長男が三歳のときに二人目が生まれたので、長男は近くの保育園に預け、義父の不動産の仕事は辞め、内職をしながら家で子どもを見ながらできる仕事をし、次男が三歳までは定職につかず育児に専念したかったのですが、生活が苦しくてできませんでした。私の給料が薄給だったので、苦労させました。次男が一歳七か月になると兄と同じ保育園に預け、仕事をまた始めることになりました。

一九八六年の三月に校長先生が代わりました。愛知朝鮮中高級学校から赴任してきた蔡鴻悦《チェホンヨル》先生です。蔡校長は私のことを買ってくれました。蔡校長が来られて二年目から学年主任を任されました。一学年が一〇～一四クラスぐらいありました。職員室も学年ごとにあります。初級学校、中級学校よりも高校の一学年の方が規模が大きいのです。

一九八〇年度から商業科の主任と商業分科長を任されていたのですが、学年主任のほうがやりがいがありました。もちろん、商業科教育のために全てを捧げるという、私のライフスタイルが変わったわけではありません。ただ、学年主任を任されてからは商業科説明会に行くのがかなり難しくなったのは事実です。

一九八七年四月、高一学年主任に付きました。初めての経験です。がむしゃらに仕事をしました。自分が一〇年間やってきたことを全ての担任教師に要求することにしました。高一は、年齢的に一番難しい時期です。高一のときに良い先生に巡り合えて高校生活をスタートさせることができれば、三年間うまく乗り越えることができるし、つまずけば中退したり、三年間良い学生生活を送ることができません。高一の担任の責任は重いといえます。担任教師にその責任感を植え付け、子どもの教育に対する情熱を引き出し、生徒に向かわせるようにしました。先生たちも心を一つにして頑張って私に付いて来てくれたと思います。

五　保衛部に拘束された弟

この時期に大問題が突然出てきました。総連中央教育局副局長から大変なことを聞かされたのです。副局長は大学時代の三年先輩で頭がよくて話のわかる人でした。この先輩から大変なことを聞かされました。商業科をなくすというのです。今、教育の趨勢は一般教育だ、職業教育・専門教育は大学か専門学校でやればいい、高校三年までは一般教育をやるというのです。私はビックリたまげました。一部の幹部の主観的意見によって、民族教育の内容がコロコロ変わっていいのかと、疑問を感じたのです。

数週間後、案の定呼び出しがありました。場所は名古屋でした。名古屋の駅前のホテルだったと思います、東京、愛知、大阪、神戸の四校から商業科主任が集まりました。指導に来たのは教育局の人間ではなく教育局代理として、朝鮮大学経営学部長でした。学部長は私の大学時代の同級生で仲の良い親友でした。彼は会議前に私に個別に会って、会議の結論はすでに決まっているから、そのようにわかって協力してくれといいました。とんでもない、いくら仲の良い君の頼みでも、これだけは絶対妥協できないと答えました。彼は困った顔をしながら、「わかった、会議で話し合おう」ということになりました。彼は教育局副局長に商業科をなくすのは中央で決まったことなので、会議では事後承認を取り付けて来るようにといわれて来たのです。

会議で私はこの日のために準備した資料を取り出し、参加者に商業科教育の必要性、正当性を具体的資料に基づいて説明しました。参加者の意見も同じでした。さらに私は商業科教育を強化発展するために、現存の商業科教育体制を新しい体制に変更する案を提起しました。高一からの商業科を廃止し、高二から選択制として商業科を新たに出発させるという案です。すでに高二から普通科も文科系と理科系に選択させています。二者択一を三者択一にしようとする案を出したわけです。高一から高二に上がるとき、全校生に文科系か理科系か商業科かを選ばせるわけです。そうすれば中学三年生に対する商業科説明会をしないで校内で商業科に対する生徒募集が可能になります。愛知、大阪、神戸三校も賛成してくれました。金学部長は会議の結果をそのまま中央に報告するといってくれました。参加する前は一体どうなることかと心配でしたが、中央のおかげで他校の貴重な経験等大事な意見交換をすることもでき、忘れることのできない歴史的な名古屋会議になりました。新しい案は私が東京朝鮮中高級学校を離れた後に実施されることになります。

もう一つ大変なことが起きました。朝鮮大学の師範学部美術科の先生が義妹の親戚なのですが、彼から弟が国家安全保衛部に捕まったようだと聞かされました。その話を聞いた後に、今度は神戸朝高の同級生で、大学で教員をしている親友からも同じ情報が入りました。親友のアボジが朝鮮に行って来たのだけれど、そのときに知った情報によると私の弟が保衛部に捕まったようだというのです。二か所から入ってきた情報なので間違いありません。それから大分経って弟の嫁さんから意味深の手紙が届きました。弟が保衛部に捕まったと書けば、絶対日本には届きませんので、重病で入院しているから何とか助けて欲しいという内容でした。あ、これは、間違いないなと私は思いました。でも助ける手立てがありません。その当時、総連中央の第一副議長をされていた徐萬述さんの姪っ子がやはり保衛部に捕まったのですが、政府に掛け合ってもどうすることもできなかったそうです。無事を祈るしかありませんでした。

最後の担任を任されたのは、蔡校長が来た年です。その後は学年主任が三回、教職員同盟分会長を二回担当しました。高一、高三、高一と三年間学年主任をし、一九九〇年に教職員同盟分会長に任命されました。日本の学校の教職員組合と言えば自主的な組織ですが、朝鮮学校では全て学校が組織します。学校の組合長を分会長と呼び、校長が任命します。教職員同盟中央本部があり、各都道府県組織があり、各学校に分会があるわけです。分会は中級部、高一、高二、高三の教員集団で構成され、各集団の責任者が集団長です。

与えられた任務は教職員の政治思想活動の指導と統制です。つまり、教職員たちの政治思想学習と組織生活に対する指導を担当します。東京朝鮮中高級学校では上から五番目の役職になります。校長、副校長、教養部長、教務部長、分会長の順です。

一九八八年四月、初めて高三の主任を任されました。高三の学年主任は、約四〇〇名の学生の進路指導をしなければいけないので、とても責任重大です。今までは、自分のクラスだけでも大変でしたが、今度は人数が多いので、もっと大変でした。でもやりがいはありました。高三学年主任は一年だけしかできませんでしたが、年間計画を立て、高三担当の全ての教師の力を結集させ、実り多い仕事ができたと自負しています。

この年は、高三の三クラスを引率して朝鮮を訪問しました。四回目の訪問です。学年主任でしたから訪問団の団長として行きました。団長には団長専用の乗用車が与えられます。元山からピョンヤンまではもちろんのこと、全国各地への参観も乗用車で行くので大変便利でした。約一〇〇人の学生を連れて行ったのですが、自分の担当クラスではなかったからか、ほとんど記憶にありません。

もう一つの理由は学生引率よりも弟のことが心配だったからです。弟との面会を日本を出発する前に申請していたのですが、会えるかどうかは行ってみないことにはわかりません。板門店に行くとき、日程の事情で沙里院か開城《ケソン》のホテルで泊まったと思います。記憶は定かではないのですが、泊まったのは間違いありません。そこに弟が現れたのです。

びっくりしましたが、無事だったので安堵しました。

一泊できたのでゆっくり話すことができました。弟の話によると、ピョンヤンで帰国者たちと食事をしたときに、つい酒に酔った勢いで金正日書記の話をしてしまった、金書記のせいで革命と建設がうまくいっていないのではないかと、それを誰かが録音して密告したようだということでした。ちょうど弟が授業を終えて職員室に戻ったところで保衛部に捕まったそうです。機関短銃を突き付けられて目隠しをさせられて車で連行された、だからどこに連れて行かれたかはわからないといっていました。殴る蹴るの拷問はないものの、寝かせてもらえず、それが苦しかったということでした。座ったままで目の前に電球を二四時間つけっぱなしにして尋問を繰り返したようです。寝かせてくれるのなら何でもいいたくなったといっていました。でも帰国した目的を考えたら、ここで挫けるわけにはいかないと、最後まで頑張ったと、絶対罪を認めなかったといっていました。何か月経ったのか、時間の経過がわからなかったそうです。最後に保衛部の中央本部から相当上の幹部が弟に会いに来たそうです。弟に会っていろいろ話を聞いて帰ったらしいのですが、弟はその後すぐ車に乗せられ目隠しをされてどこかに連れて行かれました。いよいよ殺されるのかなあと覚悟をしたそうです。目隠しを取るとそこは自分の家の玄関の前だったということでした。奇跡的に釈放されたのです。帰国者の間では有名な事件だったそうです。弟が絶対殺されるだろうというのが、帰国者の中では、もっぱらの評判だったようです。

何事もなく釈放されたので、みんな総連の専従活動家をしている兄のおかげだと噂したそうです。

弟からピョンヤンに戻ればきっと高級幹部が兄を探しにくるだろうから、そのときは必ず会って話をするようにと念を押されました。夜、蒼光山ホテルの二階ロビーで学生たちの集会をしているときのことです。団の案内指導員に私を訪ねて来た人がいるといわれ、彼の後に付いて行きました。ロビーの反対側に軍服を着た、見るからに幹部という方が私を待っていました。後から弟に聞いた話ではその人は弟が拘留中、最後に会った人でした。保衛部の幹部だということです。その方は今回の弟の件について感じたことを話してみなさいというので、私は率直に弟を帰国させた理由と目的について話しました。朝鮮の立派な革命家になるには朝鮮を知らなければいけない、だから帰国させた。弟を立派な革命家に育てて下さいとお願いしました。彼は「わかった」といって席を立ちました。弟のショッキングな話のせいで、四回目の朝鮮訪問団のことはほとんど記憶に残っていないのです。

無事日本に帰って来たのですが、上野駅に妻が子どもを連れて迎えに来ていました。私に会った瞬間、「アッパ（お父さん）当たったよ！」というのです。何のことかなと思ったら都営住宅のことでした。実は都営住宅に入りたくて何度も申し込んできたのですが、その都度、入れなかったのです。良いことは重なるといいますが、その通りでした。

　一九八九年春、めでたく練馬区の光が丘都営住宅に入居しました。高三の先生たちに手伝ってもらい、引っ越しを済ませました。三ＤＫの部屋です。学校の寮も三ＤＫでしたが、学校を辞めるときは出ないといけないので、住居問題が不安定でしたが、これで住まいの心配はなくなりました。通勤時間が寮のときよりかかってしまうこと以外は全て快適でした。家の真ん前が公園で子どもたちも喜んでいました。四月に次男が小学校に入学しました。最寄りの学校は東京朝鮮第三初級学校で東武東上線大山駅の近くにありましたが、長男が転校するのを嫌がったので二人とも東京朝鮮第一初中級学校に行かせることにしました。妻が通った学校でしたので、妻もそこに行かせたかったのだと思います。光が丘からバスで東武線の下赤塚駅まで行ってそこから東武線で池袋まで出ます、池袋から山手線に乗り換えて日暮里まで行き、そこからバスで学校の近くまで行くのです。一時間半ぐらいかかりました。同じ都営住宅に学校の先輩がいたので、一緒に行ってもらいました。

　初めての高三学年主任の仕事も大きな成果を達成して無事終わりました。

　商業科をなくそうとする中央の動きもなくなり、落ち着いて仕事に没頭することができました。一九八九年、高一学年主任に再度つきました。この年は、商業科の学生が沢山入って来ただけではなく、優秀な学生が商業科に集まりました。私の教員生活で一番順風満帆のときです。学年主任三年目で経験も積み要領もわかってきたので、一番仕事がはかどった年になりました。高一担当の先生たちも意気投合し、学生の教育に全力を投入できたと思います。仕事に生きがいと喜びを感じました。

私が学年主任として心掛けたモットーの第一は、なるべく会議は少なく手短にやるということ。二番目のモットーは、放課後等の時間はなるべく学生指導に回すということ。三番目のモットーは、学生と常に生活、行動を共にするということでした。掃除の時間に職員室に先生がいたら叱りつけました。授業が全て終わるとすぐ教室に行き学生と一緒に掃除をする、朝来ていない生徒がいたらすぐ家に電話を入れる、家庭訪問は一〇〇%やる、学生との個別面談はこまめに何度も何度もやる、学生を常によく見て変化にすぐ気付くようにする、親との連絡を密に行う。こういうことを先生たちに強く要求しました。先生たちも私の高い要求に付いて来てくれました。

この時期、巷ではペレストロイカの話が吹き荒れていました。ソ連の新しい共産党書記長ゴルバチョフが書いた、ペレストロイカという本が話題になっていたのです。私も四回の朝鮮訪問で、朝鮮の社会主義に対していろいろ疑問を感じていた矢先、この本に出くわし夢中になって読みました。すごく感動し、何度も何度も読み返しノートに内容を整理もしました。ただ、ゴルバチョフに疑問を感じたのは、スターリンに対する評価があいまいな部分です。最初にスターリン批判をしたのはフルシチョフでしたが、ゴルバチョフはもっと全面的に歴史的に辛辣にやると見込んでいましたがそうではなかったのです。スターリンに対する全面的かつ歴史的な批判なしにソ連のペレストロイカは絶対できないと思いました。マルクスが唱えた社会主義とは、全く異なる独裁社会を造ったスターリンを批判する過程で、ソ連を本当の社会主義社会にペレストロイカ（再構築、再改革？）できると、私は思っていたものですから、ゴルバチョフにそれができるのか、疑問を感じたのです。

一九八〇年、労働党第六回大会において後継者が息子の金正日書記になることが正式に決められました。神のように尊敬し崇拝していた金日成主席に対する不信がその後徐々に生まれてきました。

政治的思想的な不信は生まれてきましたが、仕事はきっちりやり遂げました。この年に担当した学生たちを三年間担当することになります。学年主任は一年間だけでしたが、高二、高三と授業を担当しました。

一九九〇年に入りました。校長から教職員同盟の分会長に任命されました。私は出世とは縁のないものだと思っていたのですが、校長からまたしても重責を任されたのです。益々やる気満々になりました。

授業は簿記会計を続けて担当し、週一で一〇〇人ぐらいの先生を相手に政治講義、学習を担当しました。私はマルクス・レーニン主義者なので個人崇拝は反対です。そういう人間に政治講義を任せると危険な発言がぽんぽんと飛び出すのです。校長先生も期待半分、不安半分で聞いていたと思います。私は政治の話が大好きなので学習指導は持っていでした。

この時期にまたしても謎めいた事件が起こりました。私の机の上に置いてあった「レーニン全集」がなくなりました。第何巻かは忘れましたが、「党大会への手紙」が収録されていました。「党大会への手紙」は、レーニンがスターリンを批判して病床の中から党大会へ送った手紙です。スターリンを辛辣に批判しているので、スターリン存命中は公開できませんでした。こんな本を盗って行く泥棒は絶対いません。思い当たるのは、総連中央の監査委員会です。私の考えでは、朝鮮でもこの手紙は公開されていないはずです。スターリンは朝鮮解放の恩人ですから絶対批判しないからです。レーニンの間違いだとみているはずです。うちの学校の誰かが中央の監査委員会に報告し監査委員会から誰かが来て没収したのではないでしょうか。私を咎めることは絶対できません。マルクス、レーニンを公に否定できないからです。「党大会への手紙」を他の先生にも紹介していたので、問題になったのだと思います。

分会長二年目にまた学生を引率して朝鮮を訪問することになりました。五回目の訪問です。これが東京朝鮮高校での最後の訪問になります。八月の暑い時期でした。三クラス連れて行きました。

ホテルは万景台に新しくできた新築の両江《リャンガン》ホテルです。外見は立派なので喜んだのですが、冷房なしで水も出ないし停電はしょっちゅうでした。団長で行ったので車もつくし、部屋も良い部屋でしたが散々でした。

夏ですから白頭山、金剛山、海水浴等内容的には最高でした。学生たちも良い子ばっかりでしたので、大変楽しい祖国訪問になりました。

弟はピョンヤンに呼んでもらいました。団長ですから無理がきくのです。弟は海州から車で来ました。私が送った日産ブルーバードに乗ってきたのです。中古車ですが性能は良いほうでした。子どもが四人になっていたので、五人乗りの車に六人乗ってきたのです。一泊は全員ホテルに泊めました。正規で泊まれば金がかかるので、団の責任指導員に頼んで私の部屋にただで泊まれるようにしてもらいました。

八月の真夏日で冷房はないし窓を開けると蚊が入って来るので蒸し風呂状態でした。弟の話では私が高二のとき同じクラスで仲の良かった親友の慎君が今ピョンヤンに来ているということで、二人で会いに行くことにしました。責任指導員の許可をもらって行ったように思います。二人で弟の車に乗って行きました。途中検問に引っかかって時間がかかりましたが、無事高麗ホテルに着きました。フロントで慎君に連絡を入れてもらい、二人で部屋まで行きました。規則で弟は高麗ホテルの部屋には入れません。ですから二人とも訪問団だということにして上がりました。慎君は私が大学最後の夏休みに一緒に北海道旅行をしようと約束した彼です。仕事で行けなかったのですが、バイクを貸してくれました。その後、お互い会う機会がありませんでしたが、東京に出て来て在日韓国民主統一連合中央本部（韓統連）で活躍しているということは知っていました。韓統連は民団（在日本大韓民国民団）から分裂してできた組織です。韓国社会の民主化と祖国の統一をめざしています。昼土方をしながら、夜は韓国系の青年同盟の活動に参加していて、能力を買われて専従になったみたいです。韓統連を代表して訪問し、朝鮮で引っ張りだこのようでした。弟によるとテレビにも出て活躍していたということでした。金日成主席にも会って話をしたみたいです。私は四〇年近く総連の専従活動家として働いたのですが、遠くからでも金主席にお目にかかることは叶わなかったのですが。慎君は弟とも仲が良かったので、久しぶりの再会を喜んでくれました。カメラと現金五万円を渡していました。弟は大喜びでした。

責任指導員はチョン・ギプンという方で、訪問団の中では噂がよくない人でしたが、私にはとてもよくしてくれました。元山で最後の夜を迎えたときも初めて元山に住んでいる従妹の家を訪問できるよう便利を図ってくれました。三回目の訪問のとき、沙里院で一万円しかくれないのかという顔をしたいとこの姉にあたりますが、私には妹のような存在です。徳川《トクチョン》から元山に嫁いできていました。弟と違って常識のある可愛い妹です。山口の外祖父の家で幼い頃一緒に遊んだことがあります。彼女の夫も病院の医者で良さそうな人でした。

金剛山でのことです。台風の影響で日本への出発が遅れるので、金剛山で延泊することになりました。食事をしながらテレビを見ていたのですが、ソ連でクーデターがあった模様だとニュースで報道されました。びっくりしました。ゴルバチョフがクリミアの別荘で軟禁状態に置かれたようでした。その後、具体的な報道がないのでパニック状態に陥りました。早く日本に戻って真実を知りたいと切実に思いました。

船で新潟に着いて真っ先に新聞、雑誌を買い求め、その後の経過に付いて調べました。やはり私が心配した通り、ゴルバチョフはソ連のペレストロイカを最後までやり遂げるどころか、ソ連を崩壊させてしまったのでした。

私がペレストロイカを支持した理由は、ゴルバチョフがレーニンが起こした革命をレーニンの目指した革命に戻そうとしたからです。レーニンの死後スターリンは、レーニンの権威をフルに利用しながら自分の独裁体制を築いていきました。レーニンの大会へ送った手紙を闇に葬りながらレーニンが心配した通りの道を歩き出したのです。レーニンの戦友たちを全て党中央委員会から追放し、中には、トロツキーのように暗殺、虐殺までしました。ゴルバチョフはソ連がおかしくなった原因をそこに求めて、レーニンの原点に帰ろうとしたのです。ところがレーニンを裏切ったスターリンを徹底的に批判しなかった結果、スターリン主義者によって軟禁されたのでした。

ソ連が変わればおのずと朝鮮も変わるはずです。そこに期待していたものですから、希望がなくなりました。後は、中国に期待をかけるしかありません。

朝鮮に初めて行ったときからすでに一〇年になろうとしていました。全然変わり映えしないのです。電気、エネルギーを筆頭とした基幹産業の発展がストップ、インフラ整備が全然進まない、国民の生活が改善されない、特に食料の配給がなくなったというのです。外貨ショップが横行し、生活格差が酷くなって来たというではありませんか。自国通貨で物が買えない国がどこにありますか、完全におかしいのです。

一九九二年に入り、例年通り新年度学校事業を討議するための教務委員会が組織されました。確か三月二六、二七日だったと思います。各学年の担当主任、教師陣営、教科担当等を決めた後、食事をすることになりました。食事の最後に校長先生から、明日総連本部に一〇時まで行くようにといわれました。ピーンと来ました、移動命令だろうと。

次の日、覚悟して本部に行きました。本部委員長に呼ばれて部屋に入り委員長の前に立ちました。「趙先生、長い間お疲れ様、君は、四月から東京朝鮮第二初中級学校の校長として働いてもらう」と委員長から話がありました。私はすかさず「行きたくありません」と答えました。委員長は一瞬驚いた表情をし、担当の教育部長に「どうなっているのだ」といい、教育部長と話をするようにといわれました。別室に連れていかれて、そのまま（校長として）行きなさいと何度も説得されたのですが、私は頑として首を縦に振りませんでした。結局「帰って今後の指示を待つように」といわれ帰りました。

家で家族に話すと家族は賛成です。妻も子どもたちも校長だから行けばいいというのです。私は朝鮮高校で生涯商業科教育のため働くのが私の確固たる決意だから、絶対行かないといい切りました。四〇歳の若輩の私に校長という重責を任せてくれる信任には感謝はするもののこれは私の信念を守るかどうかという問題なので、おいそれと行く訳にはならなかったのです。

私のせいで二人の先輩教師に迷惑がかかりました。そのうちの一人、慎先生は朝鮮高校で一緒に働いた先輩の方ですが、何年か前に第六初中級学校に教務主任として赴任していました。朝鮮高校で勤務したかったのですが、組織の決定なので行ったのです。今度、私が転任すればその後釜として戻ってくることになっていたのです。中級部の呉主任が急きょ私の代わりに第二初中級学校に校長として行くことになり、呉主任の後釜に慎先生がつくことでなんとか収まりました。分会長席は空席のままです。

四月一四日まで自宅待機していましたが、金日成主席生誕記念大会に顔を出すようにといわれたので学校に行きました。大会が終了し帰ろうとすると、本部教育部副部長に呼び止められました。話があるといわれて喫茶店まで付いて行きました。話は東京第一初中級学校の教育会で働いてみる気はないかということでした。信念は守るべきですが、二人の先輩教師に迷惑をかけ、またいつまでも家で何もしないわけにはいかないので、しぶしぶどこでも行きますと答えました。こうして私の朝鮮高校での生活は幕を閉じたのです。

在日本朝鮮人中央教育会での活動

一　学校運営の資金づくりに奔走

東京朝鮮第一初中級学校は妻の母校であり、二人の子どもが通っている学校です。その教育会の副会長として赴任することになりました。教育会の副会長になるくらいなら、我をはらず校長として行けば良かったと後悔しました。でも三月に本部で校長として第二に行けといわれたときは、どんなことがあっても信念を曲げず、学校に残ってやると思っていたのです。

挫折はあったものの気持ちを切り換えて新しい職場に出勤しました。やる以上は誰にも負けずに頑張ろうと思い、仕事に着手しました。教育会には専従として会長、副会長、管理部長、経理部長、売店担当職員の五人が働いていました。私の担当は学校運営資金の調達です。朝鮮学校は日本政府の認める小中学校ではないので、政府からお金が出ません。東京都と区から各種学校として微々たる補助金しかもらえません。生徒の授業料と父兄及び同胞たちの寄付金で運営しているのです。

当初は会長と一緒に同胞や父兄の家に行きました。慣れてくると担当地域を決めて頂き、一人で寄付金集めに奔走しました。一生懸命仕事をするので学校側に歓迎されました。

二か月も経っていない六月の一〇日頃だったと思います、在日本朝鮮人教育会第一六回大会が召集され、私も代議員として参加しました。実は大会の前に総連中央教育局副局長に呼び出され喫茶店で会っていました。副局長の話というのは、中央教育会で働く気はないかということでした。私は朝鮮高校を離れたので、どこでも必要なら行きますと答えました。大会の最後に中央教育会理事の選出動議がありました。各学校の教育会長は中央の理事なのですが、私も理事に選ばれました。大会後に召集された第一六期第一次中央理事会で、今度は中央常任理事に選出されたのです。二か月も経っていないのに出て行くことになってしまい、現場では混乱が起きたと思います。申し訳ない思いでした。

次の日から白山にある中央教育会に出勤しました。正式名は「在日本朝鮮人中央教育会」です。役職は運営部長でした。仕事の内容はお金を集めて全国の朝鮮学校の運営を助けることでした。中央教育局副局長の話によると、朝鮮からの教育援助費が年々少なくなってきている上に、さらに今後もっと少なくなる可能性が高いので、中央教育会で金を稼いでその分を補填しなければならないということでした。「これは祖国からの指示でもある」ということです。私の責任がさらに重くなりました。

高一のときから三年間一緒だった最後の担当学生と一緒に卒業したことになったのですが、中央教育会に行くとそこに卒業生、それも三年間簿記を教えた子が、経理担当事務員として働いていました。私を見てびっくりしていました。卒業したのにここまで付いてくるのかと。

学校運営が今までも難しかったのにさらに難しくなるというので、中央教育局が中央教育会の役割を高めるために、第一六回大会で教育会の布陣を強化したようです。

現総務部長を他機関に行かせ、四人新たに補充しました。総連中央副議長を解任し、教育会の会長に任命、その下に第一副会長、副会長兼総務部長、運営部長を一緒に付ける幹部人事を行いました。中央教育会の人員を三人増やしたことになります。いっぺんに三人も増やすことはめったにないことです。それほど教育会の役割を高める必要があったのでしょう。

新会長は健康状態がよくないため実質的な役割は第一副会長が担当しました。会長は一年も経たずに、健康上の理由で出て来られなくなりました。

私は、まず最初に中央教育会の経理指導から始めました。過去の帳簿をチェックし、直す所があれば直し、次に貸付金の一欄表を作り回収するための準備を整えました。

その次に取り掛かったのは、全国の学校の帳簿を調査し経理を正しくするように指導しました。

経理指導をすると同時に、新たに資金作りをするための情報収集に努めました。最初に入って来たのは、新聞の読者拡張をやってみてはどうかというものでした。埼玉の同胞から提案された件です。新聞の読者拡張を全国の教育会がやることによって、学校に手数料が入るという企画でした。ある大手の新聞社の方に会って確認した結果やってみる価値はあると思われました。

同じ時期に兵庫県の同胞から森林浴消臭システムの販売事業の話が舞い込んで来ました。森林浴消臭システムを同胞の遊技業者に販売しそこで得た利益を学校に送るという案です。早速千葉の遊技業経営者にアポを取り、会うことにしました。一九九三年六月二日、私と中央教育会副会長、総連中央教育局部長、兵庫の同胞と一緒に千葉の市川にある会社に向かいました。社長は私の妻の大学時代のクラスメートでした。彼に森林浴消臭システムの販売を中央教育会として今から手掛けようと思うのだけれどどう思いますか、意見を下さいとお願いしました。社長いわく、自分の店で試してみたのだが、とても効果があるので可能性のある事業だと思うということでした。

私はこの事業をやってみようと決心しました。さっそく中央教育会に戻り、常任理事会に提出する企画案を作成することにしました。九時ごろから始めて、一一時過ぎまでかかり、やっとでき上がりました。

妻に電話し、いつも通りバイクで帰ることにしました。その日はちょうど東京で梅雨入りの日でした。環状七号線の板橋の交差点を過ぎるあたり、前を大型のトラックが走っていたので、信号は見えませんでした。そのとき黒の日産グロリアが左から猛スピードで交差点に入って来たのです。左側面からぶつけられた瞬間までは、はっきり覚えています。気がついたときにはベッドの上でした。警察の話では即死になってもおかしくない事故だったということでした。私は車のボンネットの上に頭を叩きつけられ、その反動で反対車線のほうまで飛ばされ、顎から地面に落とされました。左側の頭蓋骨骨折、歯が数本折れるという事故です。妻は深夜に警察から電話を受け、近所の仲よくしている中村という方を起こして、中村さんの車で病院に来たということでした。あのときはもう駄目だと思ったといっていました。涙が止まらなかったそうです。朝、目を覚ますと、妻はベッドの横で目を真っ赤にはらして私を見つめていました。息子たちには電話で「アボジは大丈夫だから自分たちで朝ご飯を食べて学校に行くように」といったそうです。

交通事故はこれで二回目です。二回とも大きな事故でしたが、私は奇跡的に助かりました。三か月入院治療を受けて無事退院することができました。

入院中、私が作成した事業計画が常任理事会で討議決定され、紹介してくれた兵庫の金さんの手助けを受けて、実行に移されていました。退院後、すぐ会社を興す手続きをしました。会社名は「有限会社グリーンシールド」に決めて、事務所は当面中央教育会の一室を借りることにしました。次に、森林浴消臭システムを導入してくれた会社と契約書を交わしました。退院したときにはすでに千葉、長野のパチンコ店に森林浴消臭システムが導入されていました。

最寄りの銀行に口座を開設し、必要な帳簿類を取りそろえ、経理も私一人でやりました。

森林浴消臭システムは長野、千葉でその後も順調に売り上げを伸ばし、神奈川にも進出して行きました。パチンコ店を経営している先輩、教え子にも紹介して行きました。

成績が上がって行ったので、上野に事務所を出し、営業マンを一人、事務員を一人雇い入れ、本格的に営業を展開して行きました。茨城、栃木、群馬、東京、山梨と関東一帯は全て森林浴消臭システムの販路を拡大して行きました。一Ｋのマンションでは手狭になってきて事務所を少し広い所に移しました。

販路を関東から全国に広げて行きました。宮城、山形、秋田、岩手、青森、新潟、福島と営業を展開し、順調に森林浴消臭システムを広げて行きました。福島の会津若松でのことです。森林浴消臭システムの設置で私、営業マンの桂君、日本デオドール社の今井さんと福島朝鮮初中級学校の教育会副会長の四人で会津若松に行きました。設置工事は店の閉店後に行なわれるので、まず夕食を済ませようと店を探しました。会津若松に大学の後輩がいたので、店を紹介してもらうことにしました。後輩は、私が会津若松にいると知ってすぐ駆けつけてくれました。彼の知っている店で夕食をしていたのですが、お客さんが新規に入ってきました。私と目があって、お互いびっくりしました。なんと私の教え子ではありませんか。東京朝鮮高校の先生が何故ここにいるのかという顔でした。私が事情を説明すると納得しました。今日、森林浴消臭システムを設置する店というのは彼女の夫のお兄さんの店だったのです。卒業して以来の再会でした。

彼女は神奈川の朝鮮中学から東京朝鮮高校に来た子です。本来は神奈川朝鮮高校に行かなければいけないのですが、東京朝鮮高校の舞踊部に入りたくて、商業科に来たのでした。卒業後、私の計らいで幼い頃からの夢であった金剛山歌劇団に入団することができました。一九八一年三月のことです。再会したのが一九九四年頃ですから一〇年以上経っています。見合いで福島県の喜多方在住の同胞に嫁いだとのことでした。設置工事は他の人に任せて教え子と思い出話に花を咲かせました。結局、教え子の家に行って主人と一杯飲み泊めてもらうことになりました。これがきっかけとなり教え子の店、彼女の主人のお兄さんの店にも森林浴消臭システムを入れることになります。一番上の兄さんの店に森林浴消臭システムを入れに行って、結局兄弟三人の店に入れることになりました。

喜多方にはその他にも遊技業を経営している会社がありました。一社は兵庫の金さんの紹介で知り合ったのですが、森林浴消臭システムを入れてもらえました。もう一社は別の教え子が東京から婿に入った会社です。営業に行ったもののお客が全然いないので断念しました。

福島の前に宮城県で営業を展開していました。東北地方に一番最初に進出したのは仙台です。東北朝鮮初中高級学校の教育会からの紹介で、宮城で手広くパチンコ屋を展開している琴《クム》社長の会社に行きました。琴社長の子どもが在学中でした。売り上げの一部が紹介手数料として学校に入るという説明を聞いて、即、試しに入れるようにいわれました。一店舗入れて結果が良かったので、全店舗に入れてもらえました。東北地方の最初の仕事がうまく行ったので、後は順調に行きました。東北の教育会と琴社長のおかげです。

　東北地方での成功に続いて北海道での開拓に乗り出しました。札幌、旭川、紋別、富良野、留萌、北見、函館等、営業の桂君と二人で北海道中を飛び回りました。パチンコ店の社長のときには、ゴルフもし、夜は一杯やり、森林浴消臭システムを入れて頂きました。経費節約のため、札幌の教え子に車をただで借りて桂君に運転させ、一日数百キロの道を走ったこともあります。北海道ではその後、北海道朝鮮初中高級学校の教育会会長をされた、李達銖《リダルス》先輩に大変お世話になりました。李先輩は兵庫出身の方でとても教育に関心のある方でした。パチンコ店を経営されていたのですが、一番最初に森林浴消臭システムを入れてくれましたし、他の方にも積極的に勧めてくれました。札幌在住の神戸から大学にかけて一緒に勉強した同級生にも協力してもらい、旭川の教え子にも協力してもらいました。皆さんのおかげで、北海道でも大きな成果を達成することができました。

一九九四年の五月に朝鮮を短期訪問団で訪問することになりました。一九九三年の一二月に長男が正月公演（新年を迎え、金日成主席参席の下で毎年行われる公演）に出演するため朝鮮に行ってきました。長男が中学二年のときです。私も三年ぶりに弟に会いたくなって行くことにしたのです。時期的には朝鮮の核開発疑惑で戦争勃発の暗雲が垂れこめていた時期です。戦争が起こるかもしれない危ない時期に、なぜ行ったのか今考えてもよくわかりません。短期訪問団は個人的な理由で行くので全額個人負担でした。

この訪問で、かけがえのない人物と出会うことになります。船に乗って二段ベッドの上で寝ていたときのことです。誰か人が入ってきました。下で話し始めたのですが、声がでかいのです。私も声はでかいほうです。上から下をのぞきました。眼と眼が合いました。福山から来た朴東煥《パクトンファン》氏との初めての出会いでした。

訪問団の団長は大阪朝鮮高校の教育会長でした。私は個人的理由で朝鮮を訪問するわけですから、肩書はいらないのですが、訪問団の総務を無理やり任せられました。朴東煥氏には班長を受け持ってもらいました。この訪問がきっかけで義兄弟の縁を結ぶことになります。気が合ったのだと思います。今でも「兄さん、兄さん」と慕っています。

弟と会って大変な情報を仕入れました。一九九三年一二月八日、朝鮮労働党第六期第二一回中央委員会総会で長い間地方に幽閉されていた金日成主席の弟、金英柱《キムヨンジュ》氏を国家副主席に就任させることを決定したということです。正確な時期はわかりませんが江界市に幽閉されたのは一九七五年だと聞いています。つまり一八年ぶりにピョンヤンに戻されたということです。もちろん新聞とかを通してそのことは知っていましたが、戻された理由がわからなかったのです。

　金英柱氏は後継争いで金正日書記に負けて地方に飛ばされた人物です。主席の弟でカリスマ性もあり影響力が絶大なので、ピョンヤンに置いておくわけにはいかなかったのでしょう。その弟を突然ピョンヤンに戻したということは、よっぽどの事情があったとしか考えられません。

　私が聞いた話では一九九三年、金日成主席が国民に対する食糧の配給状況を金正日書記に内密に調べさせた結果、配給がストップ状態であることがわかったということです。金日成主席の有名な言葉があります。「米は共産主義です」、「米は社会主義です」という言葉です。国民にご飯を食べさせることが一番大事だという意味ではないでしょうか。金日成主席の一番の政治信条を否定されたと思われたので激怒したと思います。経済は金英柱、李鐘玉《リジョンオク》、朴成哲《パクソンチョル》の三副主席に任せ、外交は自ら担当し対米、対南関係を正常化すると決意されたのだと思います。

　金日成主席は私が推測した通り弟を呼び戻し、国家副主席に座らせ、六月一五日にはアメリカ元大統領カーターをピョンヤンに迎え、会談しました。会談で初めての南北首脳会談を開催することに同意します。

情勢は金日成主席の構想通り進んで行きました。ところが七月九日にとんでもないことが起こるのです。確か土曜日だったと思います。会社は週休二日で土曜日は休みでした。テレビの前で寝ながら一二時のニュースを見ていたのですが、突然、臨時ニュースが入ってきました。朝鮮中央放送の画面が映し出されました。よく見た顔見知りのアナウンサーでした。アナウンサーは青天霹靂の内容を話し始めました。七月八日の深夜、韓国の金泳三《キムヨンサム》大統領と史上初めての南北首脳会談を行う予定の妙香山で、心臓麻痺のため、亡くなられたというではありませんか。私は驚き、そして号泣しました。金日成主席は私にとって神様と変わらない存在です。この年の一月一日、長男が出演した正月公演を見て下さり、記念写真まで撮ってくださったのです。

時間の経過とともに冷静になりました。冷静になって考えてみると、金主席のこのタイミングでの病死はあり得ない、あってはならないと思いました。対米関係の改善、南北首脳会談の二週間前、金正日書記の権力の分散等が進んでいたこのタイミングで、突然、心筋梗塞で亡くなられたのです。暗殺されたのではないのかという疑問すら出てきました。では誰がなんのために。この疑問は絶対誰にも話すことができません。疑問を胸の中にしまいながら民族教育のためにお金を稼ぐことに情熱を燃やしました。

北海道の次は九州、四国、中国地方を攻めました。岡山、山口、高知では成功しました。九州では代理店契約を交わし、地元の会社に任せることにしました。朝鮮から帰って来てすぐ岡山に行ったのですが、このとき私を助けてくれたのが、五月に訪問団で知り合って義兄弟の契りを結んだ朴東煥兄さんです。岡山に行ったとき連絡を入れたのですが、早速、家に寄れということになりました。自宅で歓待されました。次の日に広島に行くといったら、自分も一緒に行くというではありませんか。申し訳ないやら有り難いやら東煥兄さんの言うとおりにしました。東煥兄さんの運転で広島、山口まで行きました。トヨタの高級車セルシオですから快適です。山口は私の生まれ故郷ですが、兄さんも山口の下関出身でした。仕事も無事終わりホテルを取ろうとしたのですが、東煥兄さんが門司港にマンションを持っているのでそこに泊まればいいといってくれました。門司で温泉に入ってから居酒屋で酒を飲み、二人でマンションの部屋に戻りました。朝起きると兄さんがいないので、おかしいなあと思いながら隣の部屋を覗くと兄さんがそこに寝ているではありませんか。本当に頭が下がります。私をベッドに寝かせて、自分は布団を敷いて隣の部屋で寝たのには本当に驚きました。兄さんはこういう方でした。

その次に関西、東海地方に手を伸ばしたのですが、うまくいきませんでした。兵庫は、私の出身地で同級生も遊技業をやっていて試験的に入れてもらうことにはなったのですが、同級生の店は撤去ということになってしまいました。関西人は本当にシビアです。

全国を飛び回って実感したことです。

一九九五年に埼玉県深谷市に引っ越すことになりました。次男が動物好きで、モルモットや手乗り文鳥を飼っていたのですが、どうしても犬を飼いたいというのです。だったら一戸建てを買おうかということになり、中古の家を買うことにしました。

東京朝鮮中高級学校から電車で一時間半はかかります。二人とも家を見て気に入った様子でした。学校が今までより遠くなるけれど通えるのかと聞くと、二人とも通えると答えました。「でも、お金がないので買えないでしょ?」と不安そうな顔で聞くのです。価格は一九六〇万円でした。値引きをお願いすると、三〇万円なら値引きをしましょうというので決めることにしました。子どもたちは大喜びです。

七月一日に引っ越しました。田舎から都会に引っ越す人は多いのですが、都会から田舎に引っ越す人はあまりいないので、知り合いは皆不思議に思っていました。山口の私が生まれた家以来、初めて自分の家を持つことができました。山口の家は人の土地を借りてアボジが建てた家でしたので本当のマイホームは今回が初めてです。小さい頃からの夢が叶いました。

引っ越して暫くすると、妻の両親が私たちの家の近所に越してきました。息子とうまくいかなくて次女を頼って来たのでした。私も次男、妻も次女ですが、親に頼られる運命のようです。

妻の両親が近くに来て四年後のことです。今度は私のオモニが来ました。オモニはそれまで一緒に住んでいた兄夫婦が離婚してしまったので住む所がなくなり、近くの妹の家に身を寄せていました。ところが膝が悪くて病院で診てもらうと、壊死を起こしているので、足を切らなければいけないといわれ、私の家に越してくることになったのです。

オモニの古希の祝いで、朝鮮に連れて行ったことがありました。

一九九八年七月九日が七〇歳の誕生日、ピョンヤンの料理屋で盛大に誕生パーティを行いました。弟の家族全員をピョンヤンに呼んでやりました。このときも個人的な理由で朝鮮に行くので短期訪問団でした。

訪問中、弟に国の状況を聞きました。相当餓死者、凍死者が出ているようでした。弟と叔母の話を聞いた後に、錦繍山記念宮殿（現錦繍山太陽宮殿）に行きました。永生の金主席に挨拶してすぐ宮殿の外に出ようとしたのですが、オモニが見当たらないのです。オモニを探しました。オモニは宮殿の広場で記念写真を撮っていました。私は慌ててオモニの手を取り、外に出ました。そこに一分でも長く居たくなかったからです。宮殿の入り口から主席の永生の場所まで三〇分以上かかります。その長い距離を自動で動く道、エスカレーターで移動するのです。金日成主席が亡くなって二年ぐらいで造ったらしいのですが、ずいぶんお金がかかっただろうというのは直感的にわかりました。その間、食べられなくて何十万人の方が亡くなったでしょうか。宮殿は数十万人の死体の上に建てられていると私の身体が感じているのでした。国民に飯をたらふく食べさせるのが金日成主席の革命の目的でした。亡くなった主席が本当に喜ぶのでしょうか。

ピョンヤンで弟と別れ、元山で医師をしている義理のいとこに会いました。いとこからも餓死の話を聞きました。弟から聞いた話は本当なのかと。いとこは「本当だ。自分の病院にも死体が山のように積まれた、また元山市内を歩いていると死体だらけで歩けないほどだった」といっていました。そのまま放置され、誰も片付けようとしなかったといっていました。

凍死者が出たのは石炭の配給をしなかったからであり、餓死者は金正日書記が三年の喪に服したからではないでしょうか。最高指導者が喪に服すと農民市場がその期間閉鎖されてしまいます。それで食糧を確保するすべがなくなるということらしいです。もちろん、以前のように食糧の配給があれば話は違いますが。叔母の話では軍隊を飢えさせたので被害がもっと深刻になったということでした。軍人は腹が減ると市民を襲うらしいのです。市民にも食糧はないのですが、そのない食料を狙って飢えた軍人が窓を破って入ってくるということでした。農場にも押し寄せたという話です。飢えた軍人から農場の食糧を守るために、機関銃を持った軍人が動員されたという話を聞きました。オモニと船に乗って日本に帰ってくる時、気持ちは複雑でした。

朝鮮訪問中に、二番目の姪っ子から今年囲碁の世界大会で日本に行くかもしれないという話を聞きました。そのときは、まさかと思いましたが、本当に一一月に来たのです。

第七回横浜相鉄杯世界女子アマチュア囲碁選手権大会に朝鮮代表で二番目の姪っ子趙セッピョルが日本にやってきました。一一月六日から八日までの三日間行われました。宿泊するホテルは、横浜駅のすぐ傍にあるシェラトンホテルでした。深谷から通うのはちょっと大変なので横浜の趙先済兄さんの家に泊めてもらうことにしました。兄さんはサウナに二四時間いつでも入っていいし、冷蔵庫のビールも好きなだけ飲んでも良いよといってくれました。奥さんには洗濯から、朝夕の食事、ワイシャツもクリーニングにまで出してくれて大変お世話になりました。兄さんは、兄さんのアボジと一緒に会場まで応援に来てくれました。惜しくも日本代表の山下選手に負けて準優勝でしたが、兄さんのアボジが自分が経営している店で、祝勝会をしてくれました。兄さんたちは、民団系なので朝鮮代表はライバルなのですが、同じ趙家だといって祝ってくれました。それだけではありません、帰国するとき、段ボール一五個分のお土産まで成田空港に運んでくれました。姪っ子は、感激の中、国に凱旋することができました。ただ理不尽なのは私の家への訪問許可が下りなかったことです。二〇〇四年のペアマッチ囲碁大会の時もそうでした。飯田橋から八王子まで一時間で行けるのに許可が下りませんでした。会場と宿泊ホテルが飯田橋のメトロポリタンホテルだったのです。

家庭もうまく行き、仕事にますます熱が入りました。売り上げは年間一億を超えました し、多いときは学校に年間三千万円の教育支援金を送ることができました。

この事業の良い所は一度森林浴消臭システムを入れると、定期的な消臭剤カートリッジの交換で安定した収益を確保することが可能な点です。一九九三年から始めた事業も一九九九年には全国数百か所の店に広げ安定的な収益が確保されることができるようになりました。

ちょっと楽ができるなあと思いきや、一九九九年の秋、中央教育会からお呼びがかかりました。常任理事会の決定で、私は「有限会社グリーンシールド」の経営から外れ、他の会社を担当するということになったというのです。理由は「有限会社グリーンシールドからは中央教育会にお金が入らない」からでした。中央教育会にお金が入る事業を担当させようとしたのでした。それで、二〇〇〇年の一月から中央教育会に戻ることになりました。

中央教育会に戻ると情勢ががらりと変わっていました。常任理事会の直後に招集された朝鮮総連中央委員会拡大会議で総連中央組織局長が解任され、中央教育会会長に任命されたのです。

新しい会長は、私を別会社の「有限会社エービー総研」に行かせず、中央教育会の内部の仕事をさせることにしたのでした。内部の仕事と言えばほとんどが文書作成です。この時が私の人生で一番しんどい時でした。会長が私のことを評価してくれて行なわれた人事でしたが、私にしてみれば有難迷惑なことでした。

二〇〇〇年には、我が祖国にとって歴史的なできごとがありました。六月に史上初めての南北首脳会談がピョンヤンで開催されたのです。固唾を飲んでテレビを見ました。金大中《キムデジュン》大統領がタラップから降りてきて金正日書記と握手し抱き合って南北の和解を全世界にアピールしたのです。祖国統一の予感を肌で感じた瞬間でした。これを機に南北は和解と共栄共存の道を歩み始めました。

二〇〇一年五月、総連の定期大会が開催されました。第一九回全体大会です。大会後、教育会の一九回大会が召集されました。この大会で会長がまた代わるのです。私が中央教育会に来て四人目です。最初の会長は健康上の理由ですぐに退任し、李福南《リボンナム》第一副会長が後任の会長になりました。三人目が私のアボジ、オモニがよく知っている河泰弘《ハテホン》会長です。河会長は一年半ぐらいしか在任しませんでした。今度の会長は総連中央副議長を兼ねました。それだけ教育会の役割が重要になって来たのでしょう。大会は六月に行われました。大会直後、権淳徽《クォンスニ》新会長が私を呼びました。

緊張して、会長の前に座りました。どういう用件で呼ばれたのか？　心当たりがありません。会長は開口一番、「趙部長、パーラー西八の社長を担当してくれないか」とおっしゃられました。私は、組織の要求でしたら従いますと、お答えしました。また、私の人生が大きく変わろうとしていました。

一九九二年六月に中央教育会に来たとき、祖国からの指示もあり、中央教育会は私に事業を展開して金を儲けるようにさせると同時に総連西東京本部からの提案を受け入れ、パチンコ店を西東京本部と共同で経営することにしたのでした。パチンコ店の経営に対しては、私が中央教育会に来た直後から動きがありました。私と事業担当の姜奉玉《カンボンオク》副会長と一緒にいろんな所に行って物件を調べました。遠い所では山形まで見に行ったこともあります。条件が合わず、全て開業までに至ることはありませんでした。当初は教育会が単独でやりたかったのですが、なかなか良い物件を見つけることができませんでした。そういうときに西東京本部から共同経営の話が舞い込んだのです。ＪＲ中央線西八王子駅の真ん前の物件でした。約一〇〇坪の敷地に二階建てのビルを建て、パチンコ店を経営するのです。条件が良いので話がとんとん拍子に進み、一九九三年四月一日にオープンしました。

開業して一〇年近くなっていましたが、成績が落ちて来たので抜本的な対策が必要でした。現場からは社長を代えて欲しいという意見もあがっていて、前会長も人選に頭を痛めていたのです。その大役が私に回って来たのです。

二〇〇一年七月六日、単身赴任で現地に乗り込みました。子ども時代、ギャンブル好きのアボジを見ていたことの反動で、もともとはギャンブルは一切しなかったのですが、教員時代同僚の勧めで時々するようになってからパチンコは好きな趣味の一つになっていました。たぶん負け知らずだったからだと思います。

友だちのアドバイスを受けながらパチンコ店経営に全力を投入しました。

最初は駅前のホテルに寝泊まりしながら、その後すぐ近くに一Kのマンションを借りて営業を指導して行きました。そのうち店長も一緒に住み込めるようにと二DKの部屋を借りてそこに移りました。店長と寝食を共にしながら店を盛りたてて行こうとしたのです。でもこれは失敗でした。店長がまいってしまい、九州に帰るといい出したのです。説得したのですが、私の強引な性格について行けないと判断したみたいです。

店長がいなくなったので大至急人材を探すことにしました。この時期、中央教育会と西東京本部で運営する経営委員会で、経営コンサルタントを入れてみてはどうかと意見が出ました。パチンコを経営している友だちにいろいろアドバイスを受けていましたが、経営コンサルタントを入れたほうがいいという結論にいたり、入れることにしました。コンサルタントの月額報酬は五〇万円ということでした。この提案には裏がありました。

西東京本部は私の社長就任を最初から快く思っていませんでした。それで本部委員長の友人のコンサルタントに頼んで私を辞めさせようと図ったようです。店長が辞めたので、また一Kの部屋に戻りました。経費節約のためです。

会社で週一経営会議をし、その後、コンサルタントの先生と私の部屋で、マンツーマンで会議を継続しました。会議においては筆舌しがたい内容で罵倒されながら、四か月歯を食いしばって我慢し、経営のノウハウを身につけて行きました。私の人格なんか無視されました。最初は私を辞めさせるために罵倒していたコンサルの先生も、私が必死に耐えて彼の要求通り仕事をこなしていく姿に心を打たれたのか、態度が変わってきました。私のことを尊重してくれるようになったのです。死んでも辞めるわけにはいかない、逃げるわけにはいかないから我慢できたのです。会議が終わると必ず一緒に食事をし、酒を酌み交わし、歌を歌いました。辛かった会議が成長の会議、楽しい会議へと変わりました。一年かけて学ぶことを四か月で学び終えました。

コンサルタントの先生の教えと指導のおかげで店の営業成績は、見る見るうちに上がり始めました。一月から来てもらった新店長と二人三脚で営業を改善して行きました。先生の勧めるセミナー、パチンコ学校にも全部行きました。経営を科学的に計画的にやって行く知識とテクニックを身につけることができました。

毎月五〇万円の支払いが勿体ないので上に諮り、一年契約を破棄し四か月で解約することにしました。

社長就任後二年で一日の売り上げをMAX三五〇万円から一〇〇〇万円に上げることができたのです。稼働もパチンコ一万七千稼働を四万稼働に、スロット五千稼働を一万稼働に上げました。中央教育会の会長は、大喜びでした。

八王子に行くようになって最初に大学時代の先生に挨拶に行きました。朴庸坤先生です。教育会からパチンコ店を任されて八王子に来たことを報告しました。朴先生は主体思想の研究と普及に現役で活躍されていました。この年から毎年正月に挨拶に行くようにしました。

次に連絡したのは教え子です。教員二年目の年に担任した金麗浩《キムリョホ》君です。森林浴のときも協力してもらったので会うことにしました。卒業後、最初に会ったのは、上野にある焼肉屋です。東京朝鮮中高級学校時代の先輩、李三才《リサムジェ》先生と待ち合わせをしてその店に行ったのですが、そこに金君が来たのです。一九七九年の卒業以来なので一七年ぶりだったと思います。神奈川にあるパチンコ店の営業部長を連れて来ていました。その営業部長は、李先生の長野時代の教え子で金君の知り合いだったのです。金君はパチンコ店を経営していると聞いたので早速森林浴を入れるよう頼みました。気持ちよく了解を得ました。同席していた営業部長も後日、会社で会う約束をとることが出来ました。金君と会うのは、そのとき以来ですから五年ぶりでした。店まで迎えに来てもらい金君の家に行きました。立派な家でした。家の見学をし、夕方一緒に食事に行きました。寿司屋に行ったのですが、そこに同じクラスの李平基《リピョンギ》君が来ていました。李君も金君の会社で働いていたのです。それからちょくちょく彼とは会うことになりました。食事、ゴルフ等よくしてもらいました。毎年夏には、軽井沢、北海道、仙台等連れて行ってもらいました。金君の会社の幹部たちと一緒ですから一〇人以上の旅行でした。

二　アボジの遺骨を故郷へ

八王子に行った直後に重大事件がありました。二〇〇一年九月のことです。小泉純一郎総理が朝鮮を訪問するということで、世間の注目をあびていたときです。テレビで金正日総書記と小泉総理の会談の模様が放送されたので店の事務所でテレビを見ていました。以前から朝鮮による日本人拉致に関する報道がされていましたが、私は絶対それはあり得ないと固く信じていました。幼い子を拉致して日本語教師にすることなど考えられないことだからです。学校の国語の先生を拉致して連れて行き、日本語を習うならまだ信憑性もありますが、幼い女の子とか池袋のキャバレーのホステスから朝鮮のエージェントが日本語を習うのは、あり得ない話だと思ったのです。ところがどっこい、テレビで金総書記が拉致を認めて謝罪するではありませんか、驚愕しました。これが決定的となりました。店も大変、総連組織も大変なことになりました。この日を境にして総連は、弱体化へと下り坂をかけ落ちて行きます。

二〇〇二年に韓国の釜山でアジア大会が開催されました。南北和解のおかげで総連応援団が組織されたのです。私も埼玉同胞応援団として、生まれて初めて韓国へ行くことになりました。アボジ、オモニが生まれた故郷です。長男はすでに二〇〇〇年の三月に韓国に行き、故郷の大邱を訪れ先祖の墓参りもしています。ハラボジの生まれた住所だけを持って、ソウルから電車で東大邱駅に行き、そこからタクシーに乗って住所を示し、「咸安趙氏の家に行ってください」と、頼んだということでした。着いたところが曾爺さんの兄さんの家でした。

息子のおかげで私が初めてアボジの故郷を訪問するときは、いとこの兄さんの家の電話番号がわかっていたのです。早速電話しました、「アジア大会の応援に行くので是非会いたい」と。初日の開会式とサッカーの試合を観戦し、二日目のバスケットの試合の日に故郷に行くことにしました。「慶州のホテルに泊まっている」と電話を入れると、兄さんは迎えに行くといってくれました。

ホテルで休んでいるとノックの音がしました。「どなたでしょうか?」と尋ねると大邱から来たというではありませんか、慌ててズボンに履き替えてドアを開けました。アボジの一番上の兄の末っ子になるいとこが夫婦で迎えに来たのでした。いとこの車で大邱に向かってホテルを出発しました。途中で私が「今日は慶州の観光をしてからバスケットの試合を応援する予定だった」というと、いとこは車をUターンさせて慶州の観光に連れて行ってくれました。今まで教科書でしか見られなかった遺跡とかを見て回りました。

観光を終えて慶州で食事を済ませ大邱へと車を走らせました。最初に行った所はアボジの一つ上の兄の次男、いとこの寿済《スジェ》兄さんの会社でした。寿済兄さんは山口生まれです。私の家の隣に住んでいたのですが、朝鮮が解放されて家族みんなで国に帰ったのでした。挨拶を済ませると兄さんは私が韓国語を話せるのでびっくりしていました。「お前の兄貴が来たときは言葉が通じなくて淋しい思いをしたのだけれど、お前は韓国語を話せるのですごくうれしい」といってくれました。早速、食事に連れて行ってくれました。会社の近くの食堂で食事を済ませ、車でアボジの生まれ故郷に向かいました。アボジの生まれた家はもうありません。その近くに住んでいる一番長老のいとこの家に行きました。アボジの一番上の兄の次男の敬済《キョンジェ》兄さんです。年は七〇を越えています。敬済兄さんの家でも酒を酌み交わし夜遅くまで話しました。

次の日、敬済兄さんのすぐ下の弟、永済《ヨンジェ》兄さんが来たので挨拶し、永済兄さんの案内で墓参りをすることになりました。他のいとこたちは仕事があって同行することができませんでした。玄風面のお店で墓前に捧げる酒や供物を買って墓所に向かいました。まずハルベ（祖父）とハンメ（祖母）のお墓に挨拶し、叔父の墓に挨拶しました。ハルベとハンメに挨拶したときは号泣しました。いくら事情があるにせよ、孫の私が五〇歳になるまで一度も墓参りをしなかったことに対する罪悪感です。分断の悲劇、政治的犠牲です。

墓参りの後、アボジの生まれた場所に行きました。昔の家はもうありませんでした。

アジア大会の応援も終わり、私たち総連応援団はソウルに向かって慶州を出発しました。今度は、初めてのソウルです。ホテルは明洞のロッテホテルでした。慶州はシェラトンでソウルではロッテホテルです。最高級クラスのホテルでした。

ソウルで景福宮を見学しました。李朝時代の有名な王宮です。夜、寿済兄さんの兄、学済《ハクチェ》兄さんに会いました。学済兄さんも山口生まれです。ロッテホテルの寿司屋で寿司を食べながら酒を酌み交わしました。初めての祖国、故郷訪問でいとこ六人に会ったことになります。初めての出会いだったにもかかわらず旧知の間のようでした。日本にはアボジの親戚が一人もいないので父方の趙氏の身内との出会いは格別の思いがありました。来年、アボジの遺骨を持って必ず来るぞと固く誓いながらソウルの飛行場を後にしました。

日本に戻って来て店を見ながら、来年の故郷訪問の準備を着々と進めました。総連中央に故郷訪問許可を取るために、まず中央教育会の許可を取らなければなりません。総連中央に行き、担当部署の局長に会ってアボジの遺言で遺骨を故郷のハルベ、ハンメの墓所に埋葬しなければいけないので許可を出して欲しいと提起しました。局長は自分たちは許可を出すけれど韓国のほうで受け付けてくれないから無理だというのです。私はすでに韓国大使館の許可を取っていました。「それは心配ありません」というと、局長は困った顔をしながら「検討して返事をする」といいました。

後日返事が来ました。それは、許可は出せないので秘密裏に行って来いというものでした。これはどういうことなのか。つまり総連中央は総連専従活動家や総連系の同胞の韓国訪問を良しとしていないということを意味しています。二〇〇〇年六月の南北首脳会談で南北の雪解けが始まり、総連同胞故郷訪問団に対しては積極的に進めながらも、個別的、自由な韓国訪問に対してはブレーキをかけているのです。つまり中央の幹部たちは総連活動家、総連系同胞を信じていないのです。韓国訪問を全面的に許すとみんな韓国に寝返ると思ったのではないでしょうか。

私は二〇〇三年五月二五日、アボジの二七周忌に合わせて遺骨を持って故郷に飛びました。前日にオモニと一緒に神戸のお寺に行き、預けていたアボジの遺骨を返して頂き、甥っ子（兄の子ども）たちと三の宮駅前の居酒屋で食事をしました。甥っ子とは久しぶりに会いました。長男の一來と三男夫婦です。三男の嫁は身重でした。

関西空港ホテルで一泊し、次の日に韓国に向かって出発しました。金海空港についで出口に向かっていると、知らない人が「趙政済」と紙に書いて立っていました。「私が趙政済だけれど君は誰だ」と聞くと、私たち一族の長孫の甥っ子でした。迎えに来ていたのです。永済兄さんも一緒でした。永済兄さんにオモニを紹介しました。

三〇分ほどして東京から出発した妻と子どもたちが着きました。それから全員で甥っ子の車で墓所に向かいました。一時間半ぐらいで墓所に到着。残念なことに雨です。その雨の中、親戚が大勢やって来てアボジの墓を作っていました。女性たちはテントを張って法事の準備です。涙が出ました。男性たちはずぶぬれで墓を作っているし、女性たちは料理中です。私たちはテントの中で待機して、墓ができ上がるのを待ちました。墓ができたので遺骨を入れて土をかぶせました。墓の前でアボジに挨拶しました。挨拶しながら泣きました。「アボジ！　六〇年ぶりの故郷だよ、ハルベもハンメもいるよ、アボジの兄さんたちもいるよ」と心の中でいいました。いとこの兄さんたちのおかげでアボジの遺言を果たせました。

墓所で法事を済ませ、近くの食堂に行きました。二〇人以上だったと思います。私が皆さんに感謝の挨拶をして一緒に食事をしました。ソウルから学済兄さんも来られましたし、釜山から亡くなられた文済《ムンジェ》兄さんの奥さんも来てくれました。去年会えなかった元済《ウォンジェ》兄さんも参加してくれました。ソウルにいる学済兄さんの一番下の弟、斗済《トジェ》兄さん以外全てのいとこに会ったことになります。

次の日は寿済兄さんの家に招かれました。オモニは学済兄さん、寿済兄さん、死んだ泰済《テジェ》兄さんたちを幼児のときおんぶしたり抱っこしたことを覚えていました。本当に懐かしいと感慨深げでした。

夜は車で私たちを送り迎えしてくれた甥っ子の徳來の家族と食事をしました。徳來は娘が一人います。可愛い子でした。うちの息子たちと大いに盛り上がっていました。

次の日、妻の兄（異母兄）の家に寄って日本に戻りました。アボジの遺骨を故郷に埋葬するという大役を無事果たすことができました。

店の成績も上がり、会長がこの先もずっと社長を続けてくれということで、私は深谷の家を処分し、八王子に引っ越すことにしました。子どもたちも大学に進み、家には誰も住んでいませんでした。オモニは一年近く私たちと同居したのですが、やはり嫁と合わないので一人で住んでいました。妻は、私が二〇〇一年六月から八王子に単身赴任してからは自分の親とほとんど一緒に住んでいたのです。高齢の親は心配ですが、引っ越しについては賛成してくれました。店の成績も上がってきたので、当時二DKのマンションを借りて住んでいました。私は楽天的な性格で、ストレスをあまり感じないと思っていたのですが、肩のあたりにしつこいかゆみを覚えるようになっていました。虫刺されかと思ってバルサンを焚いたり畳も乾かしたりしたのですが、全く効き目がありません。ついにたまりかねて病院に行きました。すると先生に「虫刺されじゃない、ヘルペスだ」といわれました。帯状疱疹です。ストレスでなる病気だそうです。安静にするようにといわれました。心配して妻が週に一度八王子に来るようになりました。妻が来た日の夜中に、今度は胃が痛くなり、たまらず「救急車を呼んでくれ」と頼みました。妻は救急病院を電話で探し、タクシーで向かいました。胃カメラの結果、ウイルス性急性胃炎だということがわかりました。これもストレスが原因だということでした。単身赴任の限界だったようです。

ちょうど、西八王子駅の近くにマンションが新築され、売りに出ていました。深谷の家は安く売ってマンションを買うことにしました。ローンの残りが五〇〇万円ほど残っていたので自腹を切って払いました。

八王子にマンションを買うと、神奈川に住んでいた子どもたちも家に戻ってきました。久しぶりの家族全員集合です。新築の都営住宅には住んだことがありましたが、自分で買った新築のマンションに住んだのは初めてのことでした。私の人生で一番幸せなときだったと思います。二〇〇四年のことでした。親孝行をしたので神様が私に褒美をくれたのだと思いました。

幸せは長く続かないものです。引っ越したその年に総連第二〇回全体大会が召集されたのです。権淳徹《クォンスンヒ》教育会会長はまだ一期しか努めていません。通常であれば交代はあり得ません。あり得ないことが起こるから、人間の人生はわからないのです。

大会で総連中央曺令鉉《チョリョンヒョン》副議長が引退されました。直後に行われた教育会大会で曺前副議長が新会長に指名されました。曺新会長は私が中学のときの少年団指導員でした。少年団指導員というのは中学の少年団を指導する先生のことです。私が大学を卒業して東京朝鮮中高級学校に配置されたとき、一緒に同校の教務部長として赴任してきた方です。私とは何か縁があったようです。ただ、とても生真面目な方でした。

会長が代わると私の処遇も絶対変わると思いました。案の定、会長が代わったとたん、店に対する上からの干渉が強くなってきました。まず店長を代えろといってきたのです。私と店長の二人三脚で店を盛り上げて来たのに、その片方を排除しようとするのでした。私はなにも知らない新会長に、「絶対反対だ」と必死に訴えました。「成績が落ちるのは目に見えている、成績が落ちたら今度は絶対上げることが不可能だ」と強く訴えました。会長は私の意見を聴くどころか、逆に私も営業から手を引くようにいうのです。「店は新しく来る新店長に任せて、君は中央教育会に戻って来なさい」といわれました。全く理解できませんでしたが、私は組織の人間ですので、逆らうことはできません。一週間後に実行しろということでした。

店長を呼んで、三日後に辞めるよう告げました。店長は憤慨しました。高校時代の教え子でしたのでなんとか説得して別れました。二〇〇五年二月末のことです。

店長が辞めて新しい店長が来ました。やはり私の教え子でした。一年の時、空手部でしたので彼は私のことをよく知っていました。私はあまり覚えていません。練習にもあまり出て来なかったのでしょう。上の指示通り営業は彼に全て任せました。

西八王子から白山まで通うことになりました。通勤が大変でした。

中央教育会に戻ると会長に給料を減らされました。六〇万からいきなり二〇万円に減給です。河会長のとき、中央教育会に戻ったときは給料はそのまま変わらなかったのですが、今度はそうはいきませんでした。不満もいわずそのまま我慢しましたが、マンションのローンが払えなくなりました。八王子から通うのも大変ですし、マンションのローンも払えないのでマンションを人に貸して深谷に戻ることにしました。

二〇〇六年二月に妻のオモニが亡くなり、アボジが一人暮らしを始めたので、妻が行かれないときは十条に住んでいる妹が、深谷に行ってアボジの面倒を見ていました。十条から深谷まで通うのは大変なことです。義妹も大変だったと思います。アボジが八八歳で認知症の症状も出ていたので、私たちが見ないといけない事情もありました。深谷警察から連絡が入って、父親を保護しているので至急引き取りに来るようにと度々いわれるようになりました。外出したものの、家に戻れなくなって他所の家に入って行ったそうです。妻はまだ東京朝鮮中高級学校の教育会で働いていました。購買部と食堂を任されていたのです。

不動産屋に賃貸募集を頼むとすぐ入居希望者が現れました。賃貸借契約を結び、深谷の妻の親が住んでいる家に引っ越しました。二〇〇六年末頃だったと思います。

八王子から深谷に戻る前に、教育会代表団で朝鮮を訪問しました。二〇〇五年八月でした。私は教員時代に五回朝鮮を訪問しています。教育会に来て二回朝鮮を訪問したのですが、このときは自費で行きました。教育会では一三年間仕事一筋にやって来たのですが、一度も朝鮮に行かせてくれませんでした。二〇〇五年の春、大型の教育会代表団を組んで朝鮮を訪問することになったと、会長が計画を発表されました。私は一三年間一度も選ばれなかったので、今回はきっとメンバーに入れてくれるだろうと確信しました。ところが漏れたのです。さすがに納得がいかず、会長に意見をいいました。会長は私が一三年間一度も朝鮮に公費で行っていないと知って驚き、すかさず代表団に名前を入れてくれました。代表団の総務として行くことになりました。

「在日本朝鮮人教育会創立五〇周年記念教育会活動家代表団」ですから、宿泊所も最高級の高麗《コリョ》ホテルです。朝鮮訪問は八回目ですが、これまでで最高の待遇を受けました。ピョンヤンゴルフ場でゴルフもしました。コンペでしたが、私がぶっちぎりの優勝です。代表団の中には、非専従の教育会会長も含まれていたのですが、九〇を切ったのは私だけでした。貸クラブ、貸靴、貸手袋でボールもロストの汚いボールでした。よくあんな道具でハーフ四〇で回れたのか、私もびっくりです。ゴルフ場もあまり整備されていなく、グリーンも刈っていないので重いのです。会長は途中ボールがなくなったので棄権しました。ボールは一人五個しかなかったからです。とにかく楽しい朝鮮訪問でした。弟たち家族全員をピョンヤンに呼びました。七年ぶりの再会でした。久しく会えなかったので弟も寂しかったといっていました。

朝鮮を訪問する前のことですが、アメリカに行きました。このときは給料が下がるとは夢にも思わず、アメリカに語学留学に行っている長男に会いに家族三人で出かけることにしたのです。

長男がアメリカでの語学留学も終え、無事、中央大学大学院修士課程を卒業したので、今度は家族旅行でサイパンに行きました。次男は事情があって行けなかったのですが、三人で楽しく遊びました。ゴルフやダイビングをやりました。ダイビングは私は膝まで入ったところで棄権しました。心臓がバクバクして怖くなったからです。今まで強くて頼もしいアボジだったので、息子も驚いていました。

子どもたちの卒業祝いにはいつも家族で旅行をしていました。最初の卒業旅行は、ゴルフ旅行でした。私がゴルフ好きなのでそういうことになりました。二回目は静岡のヤマハリクレーションセンター嬬恋です。ここはゴルフ場もあり、釣り、アーチェリー、プール、ゴーカート等、総合的な施設でした。順番が間違っているかもしれませんが、白樺湖にも行きました。軽井沢にもゴルフ旅行に行きました。最後がサイパンだったと思います。二〇〇五年は本当にいろんなことがあった年でした。

二〇〇五年八月になると一日の平均売上がこれまで八〇〇〇万円だったのが半分の四〇〇〇万円まで落ち込むようになっていました。店長は顔色を変えて、自分を首にして欲しいといってきました。いまさら首にできない、他にやる人間がいないから君が頑張るしかないといい聞かせました。彼の実力ではどうしようもないということはすでにわかっていました。能力、性格、仕事のスタイル等、全ての面で前の店長が上でした。でもいまさら連れ戻すわけにはいかないのです。会長には成績と店長の意向を報告しました。そして対策として、店長を紹介した総連中央の運営するパチンコ店の役員を、西八の社長として連れて来るべきだといいました。売上半減の責任を取ってもらうべきだと。後日その通りになりました。

二〇〇七年九月、曺会長は健康状態悪化のため、長期休暇に入りました。休養に入る前に私を呼んで「君が正しかったようだ、あの店長は駄目だ、部長が月に一週間ぐらいパチンコ店に寝泊まりしながら店を見てほしい」といいました。いまさら私が行ってどうなるものでもないのですが、病気の会長にこれ以上心配をかけるわけにもいかず、「わかりました」と答えときました。九月は二、三日パチンコ店のホールに泊まって店を見てあげようかなと思い、出かけたところ、西東京本部委員長から「何を勝手なことをしてるんだ！」と抗議の電話が私の携帯に入りました。店の事務員がすぐ連絡を入れたみたいです。私は「会長の指示通り動いただけだ」と答え、「会長と意思疎通がなかったのなら私は帰るので心配するな」といって、早速帰ることにしました。西東京本部が私のことを毛嫌いしていることがよくわかりました。

二〇〇七年一二月一日、次男が結婚することになりました。相手は高校のときから付き合っていた同級生の盧福順《ロボクスン》です。私の先輩、知人、友人、そして、新郎新婦の友人たちが沢山参加してくれました。

曺会長も入院中でしたが、病院から外出許可を取って参加すると電話を頂きました。曺会長から電話を頂いたのが確か一一月二五日だったと思います。曺会長はその日の夜から意識不明になりました。抗がん剤を投与した途端、意識がなくなったと聞きました。一二月七日、会長は永眠されました。六九歳でした。電話の声は非常に元気でしたのに残念です。兵庫から中央に上がって来いといわれて東京に来て、その次は大阪に行けといわれて大阪に行き、そこからさらに新潟に単身赴任し、その後も岡山、そしてふたたび東京に上がって来た、本当に組織に忠実であるとともに、総連の愛国事業に一生を捧げた真面目な方でした。

八王子から深谷に戻って来て何年後だったたか、東京地方裁判所立川支所から会社に呼び出しがかかりました。差押えの件でした。一九九二年中央教育会と西東京本部が共同でパチンコ店を出すときに、お互いが朝銀東京信用組合から融資を受けていました。中央教育会は朝銀東京信用組合が経営破綻して融資が不良債権になるので、融資金を全額返済しました。ところが西東京本部は返済を中断したのです。店から上納金を受け取りながら、それを返済に充てないで使ってしまったわけです。再三請求しても返済がないので、西八の会社のほうに差し押さえ命令が来たわけです。本部にどうすればいいのか問い合わせてみたところ、本部は無視してくれということでした。知り合いのパチンコ店オーナーに相談しました。オーナー曰く、会社に差し押さえられる資産があるかどうかにかかっているということでした。店を家主から借りるときに、預けた保証金が数億円ありました。相談したオーナーは、裁判所に出廷しなければその保証金を差し押さえられてしまうというのです。どんなことがあっても出席しなければ大変なことになります。

青会長亡き後、二〇〇八年二月に新しく具《クデツク》大石会長が赴任されて来ていました。具会長は東京朝鮮中高級学校で一緒に教鞭をとっていた先輩です。真面目で正義感が強く情熱家でした。二年ほど一緒に仕事をしたのですが、朝鮮大学に移動され、大学で活躍された後、東京朝鮮中高級学校の校長として戻ってこられました。そのとき私はすでに教育会のほうに行って、いませんでした。尊敬する先生でした。校長を辞められた後、在日本朝鮮人教職員同盟委員長になられました。教職員同盟は教育会と同じ文京区白山の出版会館内の隣の部屋にありましたので、いつも顔を合わせていました。教育会会長になられたときは驚きましたし、また嬉しかったです。

具会長に報告し、本部は無視してくれといっているが、無視すれば保証金を差し押さえられるので裁判所に出頭する旨伝え、了承を得ました。深谷から立川まで行くのだけでも大変でした。六回口頭弁論に参加し、和解することができました。本部側の共同代表が参加すべきですが、任せられないので私が参加しました。このときRC側と話し合いながら中央教育会が保証金の質権設定をしなければ、その後、保証金を回収することはできなかったと思います。約一億円です。

二〇〇八年は朝鮮でも大きな事件がありました。金正日総書記が脳出血で倒れたのです。日本のマスコミによるとフランスの外科医を呼んで緊急手術をし、一命を取り留めたということです。一歩間違えれば亡くなっていたのです。まだ後継体制も決まってなかったのですから、これは運が良かったとしかいえません。もし亡くなっていたら、朝鮮は大混乱に陥ったと思います。回復してすぐにとりかかったのが、後継体制作りでした。二〇〇八年八月、朝鮮労働党代表者会議を招集して金正恩《キムジョンウン》同志を急きょ後継者に指名するのです。本来であれば党大会でやらなければいけないのですが、一九八〇年以来党大会は開催されていません。金正日同志が総書記になってからは中央委員会も一度も招集していないので、慌てて代表者会議を招集したということがわかります。金日成主席が最後に招集した党中央委員会第六期第二一回総会は、一九九三年一二月八日に開かれました。ですから一五年ぶりに大きな党会議が緊急に招集されたわけです。金正日総書記は大会とか会議が大嫌いなようです。召集すると自分も参加しなければいけないので招集しません。総書記になったときも、正式なプロセスを踏まずにゲリラ式方法で総書記になっています。

具会長は赴任された当時、私の噂を聞き、私に対して警戒心を持っておられましたが、私と接しながら徐々に私のことを信頼してくれるようになりました。二〇一〇年、教育会第二二回大会で、一八年間万年部長だった私を副会長に抜擢してくれました。地位を上げてくれただけではありません、全幅的に信頼してくれたのです。一八年間、六人の会長と仕事をしましたが、このときが一番やりがいがあり、幸せな時期でした。一八年間で公的に朝鮮を訪問したのは一度だけでしたが、具会長のときは五年間で一一回も朝鮮に行くことになりました。

次男（剛來）の保育園の遊技会で義父母たちとともに（1988年、12月）

二〇一〇年三月一〇日、義父が亡くなりました。私の妻である自分の娘以外は子どものこともわからなくなっていたのですが、この日の朝、私が家を出るとき、顔をじーっと優しい目で見つめていました。言葉はありませんでしたが、「趙ソバン（さん）、長い間ありがとう」とおっしゃっているように感じました。夕方、家に帰ると妻からアボジが先ほど亡くなったということを知らされ、びっくりしました。やはり、私に最後の挨拶をされたのかなと、つくづく思った次第です。

長男の結婚式が四日後に決まっていたので、そのまま決行することにしました。アボジの葬式を終え、長男の結婚式をしました。長男は外祖父に一番可愛がられました。もう少し長生きしてくれたら結婚式に参加できたのに、と思うと残念でたまりません。

息子たちには、幼い頃から国際結婚は絶対駄目だといい聞かせて来たのですが、長男は日本の女性、清水早弥香さんと結婚しました。一年ぐらい前に突然女の子を家に連れて来て、私に朝鮮式に挨拶させたのです。ゲリラ作戦です。結婚を許したわけではないのですが、数か月後、息子から電話がかかって来て「アボジ、子どもができた」というではありませんか。私は咄嗟に「でかした」と答えました。子どもは天からの授かりものです、欲しくても授からないこともあるのです、だから子どもができたことはめでたいことなのです。結局、結婚を許すしかありませんでした。

二〇一〇年八月六日群馬県長野原で初孫が生まれました。私は五日の日から病院で初孫の誕生を待っていたのですが、翌日の朝八時過ぎになっても生まれないのであきらめ、仕事に行くことにしました。中央教育会で大事な会議があったからです。タクシーで長野原駅に向かっているとき、電話で初孫の誕生を知りました。もう少し待っていれば良かったなあと思いました。女の子でした。名前は私がヒョナと付けました。漢字で「顕亜」と書きます。「顕」は私の内孫の男の子に必ずつける字です。女の子でしたが、初孫なので付けました。我が家の一大慶賀日です。

一〇月に朝鮮を訪問することになりました。一九九二年から二〇〇八年までたったの一度しか朝鮮に行かせてもらえなかったのですが、それも抗議してやっと行かせてもらえたのです。二〇〇九年の二月から大事な任務を受け、行くようになりました。この年は、二月に一度、三月に一度、二回も行きました。用件は在日朝鮮人子弟の民族教育の財源をつくる対策を協議することです。

一〇月六日羽田を出発し、その日の夕方にピョンヤンに着きました。七、八、九と三日間会議をして民族教育の財源を新しく作る対策について突っ込んだ話し合いをしました。意義深い会議になりました。三月にも会議をしたのですが、やっと結論に達することができました。二〇〇九年の二月から四回朝鮮を訪問し、やっと結論に達することができたのです。相手側と契約し、夜一緒に食事をしました。

次の日は朝鮮労働党創建六五周年記念日でした。私は仕事で来ていたので関係ないのですが、朝鮮のほうで気を使ってくれて記念行事に参加することになりました。朝鮮を訪問するのは、これで一二回目になりますが、朝鮮の最高指導者が参席する一号行事には参加した経験がありませんでした。ですから金日成主席、金正日総書記を遠くからでも見たことがありません。一号行事に参加することは直前まで知らされません。九日の夜、「明日は大事な行事があるので何時にホテルのロビーに集合」としかいってくれないのです。もう一つ、所持品は一切だめだということをいわれました。たばこ、筆記具、小銭も駄目です。

朝早く起きて食事を済ませ、八時ごろだったと思います。ホテルのロビーに集合し、バスに乗ってピョンヤンサーカス場の駐車場に行きました。そこで軍人による身体検査がありました。完全武装しているので緊張します。所持品は財布、ハンカチ、ポケットティッシュ以外、全部没収されます。身体検査が終わり、バスで金日成広場の裏側に行きました。

外国人、幹部専用の観覧席がある建物に入り、そこで再度厳重な身体検査を受けました。身体検査が済むとやっと観覧席に入れます。観覧席に入る前にトイレを済ませました。一〇時頃だったと思います、歓迎曲が鳴りだすと一斉に全員が立ち上がり、「万歳！」の歓声に包まれました。主賓席に金正日総書記が中国共産党中央常任委員周永康同志と一緒に現れました。周常任委員はその後、汚職で解任され逮捕された方です。

軍事パレードが始まりました。一時間以上かかったと思います。パレードが終わり、金正日総書記が周常任委員を連れて主賓席から観覧席に移動し、顔を見せました。私はこのとき初めて金正日総書記を見ました。思わず「万歳！」と叫んでしまいました。目からは何故か涙が出ました。私は大学三年のときから金正日総書記の本を読み、金日成主席の唯一の後継者として高く奉り忠誠を誓ってきました。一九八〇年代の後半からしだいにその気持ちが失われてきましたが、一時は尊敬していたのです。亡くなる前に会えてよかったと思います。顔色もよくなかったと思います。一年後には亡くなるのでした。

義父が亡くなり、長男が結婚し初孫が生まれ、金総書記にお目にかかれた激動の二〇一〇年が終わりました。

二〇一一年二月、中央教育会が同胞商工人に店の営業権を担保にして金を融資したことにより、東武東上線沿線のパチンコ店を営業することになり、私が担当することになりました。一回目の融資のときは約束通り返済されたのですが、二回目のときは担保もなく、もし約束通り返済されなかったときは店の営業権が譲渡されるという条件で融資しました。西八王子と二店舗見ることになりました。

西八はH社長とM店長も解雇し、若い子を店長にして私が店を見ていました。二〇〇五年二月の不当な介入により西八はどんどん営業不振に落ちて行きました。家賃も払えなくなって大家さんに頼んで二五〇万円の家賃を二〇〇万円に、さらに一五〇万円に下げてもらいました。一五〇万円も払えなくなって、保証金を返してくれれば出て行くということになりました。ところが大家さんに保証金の一億のお金がなかったため家賃も払わずに営業を続けていました。若い店長も成績がよくないので辞めて九州に帰ることになりました。大家が保証金をつくるまでの期間、新店舗の店長を急きょ西八の店長として行かせました。私が高校時代に山口から私の家に連れて来て、神戸朝鮮高校に入れた、いとこの金太一です。

新しいパチンコ店の事務所で働いていた二〇一一年三月一一日、大地震が東日本を襲いました。私は咄嗟に机の下に隠れました。すごい揺れでした。妻は、韓国から日本に戻ってちょうど常磐線の我孫子駅に電車が停車中だったそうです。父母の遺骨を持って埋葬に行った帰りでした。電車が当分動きそうもないので、駅で降りてタクシーに乗って妹の子どもの家に行くことにしたそうです。ちょうど妹と姉も一緒だったのです。途中トイレに行きたくなったのでコンビニを探したのですが、全部閉まっていたそうです。唯一セブンイレブンが開いていたそうです。本部から指示がきて店を開けるようになったみたいです。本当にありがたいことでした。ようやく次の日、深谷の家に戻って来ました。よりによって東日本大震災の日に日本に戻って来るなんて、なんてついてないのでしょう。思い出したくないのですが、本当にひどい地震でした。ガソリンも不足して一〇リッターしか入れてもらえません、電池も売り切れました。全てが初めての経験でした。

この年の四月に朝鮮に行ってきました。毎年春に行くことになっていました。二〇〇九年から毎年、多いときは年二回朝鮮に行くので弟は喜んでいました。行く度に弟を呼び、ピョンヤンホテルの私の部屋で一緒に過ごしました。一緒に泊まると一泊日本円で二千円払えば良いのです。部屋は大体ツインなので弟も泊まれるわけです。

二〇一一年は日本の福島で大地震があった年なのですが、朝鮮でも大事件がありました。二〇〇八年に脳出血で大手術をして一命を取り留めた金正日総書記が一二月一七日に亡くなられました。金日成主席は一九四五年から四九年間朝鮮の最高指導者として国を指導されたのですが、金正日総書記は、たったの一七年間しか国を指導することができませんでした。常識的には一七年も長いほうですが。

金正日総書記が突然亡くなられたので、世界は朝鮮の未来に対し危惧したと思います、体制が崩壊するのではないかと。私は大丈夫だろうと思っていました。二〇〇八年から二〇一一年まで三年間、金正日総書記は後継者の金正恩同志をいつも現地指導に連れて歩き、後継体制を築いていったということもあります。この間、帝王学をたたき込んだのです。私は弟に「金正恩同志はなかなか優秀な人物のようだ」といいました。また妹婿の張成澤《チャンソンテク》と妹に、息子のことを頼むと、やはりいつも現地指導のとき連れて歩き、頼み込んだということもあります。でも一番大きな理由は金正恩という人物が優秀だということです。かなり前から私は金正日総書記の息子たちのことを調べてきました。長男の正男《ジョンナム》は後継者になれない、次男の正哲《ジョンチョル》が一番可能性が高いのですが、情報があまりにもありませんでした。三男の正恩のことは、ちょくちょく日本のマスコミに登場しました。スイスのベルン留学時代、インターナショナルスクールのクラスメートの話とかが紹介されていたのです。クラスメートによると、彼はカリスマ性があり、人間的にも大きな人物だということでした。三男坊なのでボディガードもつかず、結構自由に育ったのではないのでしょうか。私は弟に金正恩同志と張成澤部長との権力争いが必ず起こるだろうと予言しました。予言はずばり的中しました。権力闘争に負けた張部長は殺されました。

二〇一二年がやってきました。三月に朝鮮に行くことになりました。金正日総書記の追慕期間なのでピョンヤン市内はひっそりとした感じでした。幹部たちを食事に誘っても辞退するのです。今まではありえないことです。弟に会って情勢を聞きました。全体的には落ち着いているとのことでした。弟は最初、金正恩同志が後継者になることに疑問を持っていたのですが、私のいうとおり、優秀な人物のようだと認めるようになりました。二〇一二年旧正月を万景台革命学院（植民地解放闘争において犠牲となった革命家たちの遺児のための教育施設）で過ごしたこと、朝早くから暗くなるまで学院に留まり具体的に実情を調査したこと、昼食時間に子どもたちの食事内容を見て「正月なのに肉も食べられないのか」と胸を痛めていたこと、金正日総書記恒例の音楽芸術公演を「子どもたちを休ませなさい」といってキャンセルさせたことなどが、弟の金正恩同志への評価を大きく変えました。後継者となって初めての現地指導を革命遺児たちが学ぶ学院視察から始めたことが彼の人間性を見る上で非常に重要だったようです。

弟の話では、二月か三月に金正恩同志が行った黄海南道の人民軍部隊に対する現地指導も父の金正日総書記とは全く違ったそうです。金日成主席は人民と肌を接する、心を通わせる現地指導をされたのですが、金正日総書記の現地指導は形式的なものだったようです。金正恩同志は人民軍部隊に行く途中、車を目的地と違う部隊に変更させたそうです。事前に幹部たちが行って現地指導を迎える準備をさせないのが目的だったのでしょう。案の定現地に行って見ると軍人たちは、がりがりに痩せていたそうです。金正恩同志は痩せた軍人たちを全員連れてピョンヤンに行き腹いっぱいご飯を食べさせたそうです。こういうことを知るうちに、最初はわがままな三代目が後継者になってまた国民が苦労するだろうと思っていた考えを弟は変えたようです。

二〇一二年一二月に朝鮮を再度訪問することになりました。金正日総書記の一周忌に参加するためです。金正日総書記死去一周年総連教育会追慕代表団として行くのです。一二月のピョンヤンはとても寒いのです。防寒用の服を整え手袋、帽子、靴下も特別に妻が準備してくれました。ホカロンもたんまりと持たせてくれました。

一二月一七日、まず金正日総書記を永生の姿で奉る機会に錦繍山記念宮殿を改装し、名前も錦繍山太陽宮殿に変え竣工式を行いました。私たちは宮殿の壇上に立って参加するのです。広場は軍人と群衆でいっぱいでした。全員立ったままでしました。零下何十度の寒さです。金正恩委員長がテープカットをして竣工式はすぐ終わりました。次に追慕大会です。当時人民軍総政治局長の崔龍海同志が追慕報告をしました。一時間以上厳寒の中で立っていました。寒さでぶるぶる震えました。追慕大会が終わって皆トイレに駆け込みました。

追慕行事が終わり、弟と面会しました。三月に会ってから九か月ぶりです。やはり金正恩委員長と張成澤部長の確執が始まった模様です。弟の話によると張部長が金委員長のやることをことごとく妨害するらしいのです。近いうちに大きな事件が起こるだろうと思いました。無事追慕行事に参加し日本に戻ってきました。

大家がやっとお金の準備ができたので、西八をたたむことになりました。二〇一三年二月のことです。二〇〇一年から足掛け一三年間、店を見てきました。その間、莫大なお金をつくって学校に送ってきました。毎年年末に学校支援金として運営の難しい学校に送っているのです。給料が何か月も出ていない学校もあります。年末に少しでもお金をもらえないと、地方から赴任して来ている先生は家にも帰れません。年末の支援金を当てにしている学校もあるのです。二〇〇五年二月の介入がなければ、まだ当分営業を続けることができたかもしれません。

西八を閉めて一週間後の二〇一三年三月七日次男に待望の長男が生まれました。名前は、顕真《ヒョンジン》と付けました。結婚して六年になろうとしていました。子どもがなかなかできなかったので本当に喜んでいました。私たち夫婦も大喜びです。初孫は女の子でしたので二人目が男の子で良かったです。可愛い可愛い男の孫です。

前年の暮れに金正日総書記の一周忌で朝鮮に行ったばかりでしたが、具会長は七月、朝鮮戦争勝利六〇周年記念総連教育会活動家代表団団長として私を朝鮮に送ってくれることになりました。私が次の大会で定年退職を希望していることを知った上での特別の配慮でした。学生引率訪問団の団長の経験はありますが、活動家代表団の団長は初めてのことでした。

二〇一三年七月二二日に羽田を出発して八月二日に帰ってきました。戦勝六〇周年記念なので各階各層の代表団が行きました。北京から平壌までの飛行機は代表団で満席でした。ピョンヤンホテルも代表団だらけでした。部屋が足りなくて団長室も良い部屋ではありません、個人で毎年春に行ったときの部屋のほうがよっぽど良い部屋でした。

七月二六日だったと思います、ピョンヤン体育館で戦勝六〇周年記念大会が開かれました。二〇一〇年一〇月一〇日のときと同じく、朝八時にホテルからバスで出発し、サーカス場の駐車場で身体検査を受けてピョンヤン体育館に着きました。体育館の入り口で最後の身体検査です。小銃を持った軍人が身体検査をします。緊張の瞬間です。検査器から異常音が鳴りました。私のポケットに硬貨が入っていたのです。軍人に「日本の硬貨です」と説明したのですが、解放してくれません。そのとき私たちに付いている朝鮮の案内の女性が慌てて駆けつけてくれました。女性が必死に説明してくれて、ようやく解放されました。硬貨なんか部屋に置いてくれば良かったのです。失敗談でした。

席について大会が始まるのを待ちました。歓迎曲もなく突然、金正恩委員長が一人で舞台にゆっくり歩いて現れました。意外でした。全員立って拍手で迎えました。委員長が席につくと、他の幹部たちも一斉に席につきました。大会の始まりが宣布され、報告があり討論と続きました。このとき違和感を覚えたのは金正恩委員長の右横に見覚えのない方が座っていたということと、その横に座っている張成澤部長の態度が他の舞台上の幹部たちと違って、横柄に見えたということです。拍手するときも彼だけは金正恩委員長と同じくゆっくり軽くしてるところが気になりました。

七月二七日、戦勝六〇周年の日です。昨日と同様にホテルを出発し身体検査を受け、トルに乗って金日成広場の首席壇の裏に着きました。観覧席に入る建物の中で再度身体検査を受け、トイレを済ませ席に着きました。一〇時だったと思います、歓迎曲が鳴って「万歳！」が叫ばれ、金正恩委員長が李源朝中国国家副主席と一緒に首席壇に現れました。朝鮮人民軍の閲兵式が行われ、続いて軍事パレードが始まりました。軍事パレードの後に平壌市民による祝賀パレードが延々と続きます。快晴で暑く二時間以上立っていると熱中症にかかります。持って行った水も全部飲んでなくなり、私は堪らずコンクリートの上に座り込みました。記念行事が全て終わると、帰りは歩いて帰れとの指示があり、広場からホテルまで歩いて帰りました。いつも朝はホテルから広場まで大同江の遊歩道を散歩していたので同じ道を歩いて戻りました。

午後六時に戦勝記念館の竣工式に参加しました。古い記念館を壊して新しく建て直したのです。立派な記念館でした。竣工式の後、記念館広場で花火大会がありました。金正恩委員長を筆頭に全ての幹部が参加しました。

二八日は戦勝記念公演と戦勝慶祝夜会に招待されました。三〇日、金正恩委員長との記念撮影がありました。場所は戦勝記念館広場でした。在日の代表団全員と一緒に記念撮影です。私は前から二番目でしたので金正恩委員長を身近で見ることができました。本当に金日成主席の若いときにそっくりでした。

記念行事が終わりましたので後は弟と会うだけです。弟に会って今年で総連の仕事を辞めるし、韓国にあるアボジの墓参りもしないといけないので、朝鮮にはもう来れないということをいいました。墓参りするためには韓国籍に変えないといけないのです。最後になる弟との時間を過ごし、日本への帰国の途につきました。

二〇一三年西八の閉店の年に、第二三回教育会大会が召集されることになっていました。この大会で私は、中央教育会を定年退職する予定でした。ところが大会が一年延期になったのです。アボジの遺骨をアボジの生まれ故郷に埋葬して一〇年になる年でした。その間、一度も墓参りしていませんでした。総連の専従活動家は韓国に行けないのです。行けば解任、解雇されます。それで九月の旧盆に墓参りするため、中央教育会に自主退職願を出すことにしました。退職願を出して、家族全員で墓参りしました。三歳の孫も生後六か月の孫も一緒に連れて行きました。嫁たちは初めての墓参りだったので、是非行きたいというのです。それで家族全員で行くことになりました。一〇年ぶりの墓参りです。この間にいとこの兄さんも四人亡くなりました。明済兄さん、学済兄さん、敬済兄さん、寿済兄さんの四人です。葬式も参加できませんでした。私の代わりに息子を行かせました。一〇年ぶりに親戚一同にお会いしました。長い間墓参りできなくて申し訳ないと謝りました。これからは、毎年旧盆には必ず墓参りすることを約束しました。

アボジの墓参りの前に義父母の墓参りをしました。義父母の墓は慶尚南道昌原市の公園墓地にあります。妻は何度も行っていますが、私は初めての墓参りでした。

正式に中央教育会を退職したのはこの年の一一月でした。総連中央から退職許可が出ました。退職願が受理されたのです。一九七五年三月から二〇一三年一一月までですから三八年八か月務めたことになります。東京朝鮮中高級学校で七五年から九二年まで一七年間は教育現場で、その後二一年八か月を教育会で仕事をしました。一六歳のときに誓った「マルクス主義の実現のために働く」ことはできませんでしたけれど、在日朝鮮人子弟の民族教育のため、一生をささげられたと思っています。本当に楽しい素晴らしい人生でした。

残念なことは、総連の組織がかなり弱体化したということです。なぜこのようになったのでしょうか。原因は大きく二つあります。一つは外的要因です。二〇〇二年九月一七日、金正日総書記と小泉日本総理大臣との朝日首脳会談で総書記が日本人拉致を認め、謝罪しました。このことでこれまで金日成主席、金正日総書記、祖国朝鮮を信じていた同胞たちが大きく動揺しだすのです。二人の肖像画を掲げている朝鮮学校にも疑問を持ち始めます。この事件を契機に民族学校の生徒数が半減したと思います。

総連組織弱体化の二つ目の原因は、組織の内部事情にあります。総連組織と共産党の組織原則は全く同じです。レーニンが作った共産党の組織活動原則とは、民主主義中央集権制です。組織の全ての決定は民主主義的に行い、一度決めた決定は必ず実行するという原則です。中央の決定には無条件従わなければいけないのですが、決定は民主主義的に行わなければいけない。至極当たり前のことですが、この当たり前の原則が守られないのです。真理はいつも大衆の中にあります。ですから大衆の意見を無視するようになると、その組織は弱体化するのです。民主主義を踏みにじり上位下達主義がまかり通るようになると、上の人間は仕事をしやすいかもしれませんが、組織は弱くなります。上位下達主義の一番の弊害は、人事に現れます。会社でもそうですが、優秀な人材が適材適所にいてこそ成績は上がるのです。優秀な人材を適材適所に配置するには、人選において民主主義が保障されなくてはならないのです。人選だけではありません、活動方針も民主主義的に決めなければいけないのです。人事権を朝鮮労働党中央が握り、活動方針も朝鮮労働党が決めれば在日の活動がうまくいくわけがありません。人生の全てを総連の活動に捧げた私にとって残念でたまりません。

私の人生すべてを捧げた民族教育は、今、民族教育歴史上最大の危機を迎えています。日本の行政の圧力によって、教育助成金が全国的に大きく削減、あるいは支給凍結にさらされているのです。そうでなくても財政的に苦しい民族教育が、存在自体脅かされるところまで追い込まれています。中央教育会での私の任務は、教育の財源づくりでした。道半ばで退職したので胸が痛みます。

でも必ずやこの困難を克服し、世界にまれにみる在日同胞の誇り、宝である民族教育はその正当性と必要性から生き残ることでしょう。戦争の危機を乗り越えて、朝米、朝日国交正常化を成し遂げ南北朝鮮の平和共存、緩やかな統一と南北自由往来の実現へと進み情勢は大きく変わることを願っています。

あとがき

私が自叙伝を書こうと思ったきっかけは、一昨年の東京朝鮮高校への久しぶりの訪問でした。二三歳から四〇歳までの一七年間をこの学校で過ごしました。青春をここで送ったのです。ところが久しぶりに訪ねてみると、校舎は新築され昔の面影はありません。先生たちも校長以外メンバーが替わり知っている先生はほとんどいません。私の足跡など探すことはできませんでした。中央教育会での私の仕事も裏方の仕事ですから、記録には残らないでしょう。私の約四〇年間の人生を何とか私の子孫に伝えなければいけないと切実に感じたのでした。そして一人でもたくさんの方に知っていただければ、これ以上幸せなことはないと思いました。

振り返ってみて本当に楽しいやりがいのある人生だったと思います。自分の希望とはかけ離れた教育の仕事に就きましたが、私には向いていたと思います。至らなかったこともたくさんあったと思います。私のせいで、途中学校を辞めて行った子もいました。他の学校に転校させた子もいます。その子のオモニが「先生なんとか学校に残れるようできないでしょうか」と哀願されたのですが、「規則は規則ですから」と突っぱねました。そのときは私が正しいと思いましたが、今になって考えてみると、もう少し柔軟性があっても良かったのではなかったかと思います。

私の至らないところをかばってくれ、寛大に見て下さった先輩教師のみなさん、本当にありがとうございました。まだまだ未熟な私を幹部に登用し育てて下さった蔡鴻悦《チェホンヨル》校長、ありがとうございました。地方から来て一人住まいをしている私を可愛がって下さった学生の父母のみなさん、ありがとうございました。皆さんのおかげで、私は好きな仕事を最後までやり遂げることができました。心より感謝申し上げます。

教育現場から離れて第一線から外された後も、挫けず民族教育の存続と発展だけを考え、仕事に邁進することができました。約二三年間で一〇億以上の収益金を民族教育のために捧げることができたと自負しています。また教育会の学校会計制度を確立するのに少なからず貢献したと思っています。

経験もなくノウハウも知らない私が商売の道に入り、年間一億のお金を稼ぎ毎年二～三千万円学校に送ることができたのは、先輩と教え子、友だちのおかげです。一番最初に全店舗に森林浴消臭システムを導入してくださった仙台の琴吉成《クムギルソン》社長。このことがきっかけとなって仕事が軌道に乗ったと思います。同じく全店舗に同システムを入れてくれた横浜の趙先済兄さん、長野の李源文《リウォンムン》会長、わざわざ消臭システムを新店舗に入れるよう電話をくださった岡山倉敷の李康悦《リガンヨル》会長、兵庫で初めて入れてくれた文一宣《ムンイルソン》会長、千葉の同級生南利道《ナムリド》社長、同じく千葉の教え子の曺日宇《チョイル》社長、神戸朝高の先輩で森林浴システム以外にもいろいろとかわいがってくれた群馬の金載英《キムジェヨン》社長、同じく群馬の同級生曺俊煥《チョジュンファン》社長、栃木の教え子金太竜《キムテリョン》社長、森林浴消臭システムを入れて下さり家にも泊めて下さった福島の権モヒョン社長、全ての方たちの名前を上げることは叶わないのですが、本当にありがとうございました。

　私の人生で、かけがえのないのが友だちです。中学一年のときから今まで変わらない友情で私と接してくれた林永奉、高校二年のときから今までいつでも親友として付き合ってくれた李容吉、崔種文《チェジョンムン》、大学時代から今日まで苦楽を共にし助けてくれた陳成基《チンソンギ》、金炳吉《キムビョンギル》、柳盛坤《リュソンゴン》、朴再洙《パクジェス》、そして朝鮮大学校政治経済学部の同級生の皆、本当にありがとう。森林浴のときも協力してくれて、八王子に単身赴任したときもいろいろお世話になった、教え子の金麗浩《キムリョホ》会長ありがとう。最後に、中央教育会で私を副会長に抜擢して下さり、重責を任せて下さった具大石会長、本当にありがとうございました。会長のおかげで、私は専従活動家の最後を美しく飾ることができました。

　私が今日まで総連の専従活動家として民族教育一筋に歩んでこられたのは、妻のおかげです。妻は私と結婚したために本当に苦労しました。亭主関白で安月給、好きなことは必ずやるマイペース多趣味人間、家族思いで年二回は必ず明石の実家に帰る、よく我慢してついて来たなと思います。ただ我慢してついて来たのではありません。本当に愛してくれました。私の六五年間の人生で、私を一番愛してくれたのは妻です。確信を持っていえます。彼女なしに私の人生は、語れません。残りの人生は彼女のために生きようと思っています。

私は一六歳のときに林永奉君に勧められて『マルクス哲学入門』を読み、マルクス主義者になりました。約五〇年間、マルクス主義に対する信念は揺らいだことはありません。朝鮮の社会主義に対して疑問を感じたのもマルクス主義を知っていたからです。特に個人崇拝に対して嫌悪感を覚えました。ソ連に対してもそうです。人類初めての社会主義への挑戦だったのですが、スターリンによって挫かれてしまいました。レーニンが大会に送った手紙で警告した通り、スターリンは、絶対共産党の書記長にしてはいけなかったのです。レーニンがスターリンを書記長にすることに反対した理由は、スターリンが粗暴だからだといっています。同志に対して思いやりがないと。スターリンはレーニンの批判を受け、最初は自己批判をするのですがソ連共産党の最高幹部の支持を取り付け書記長になるやいなや自分を書記長にさせてくれた幹部たち、レーニンの戦友たちを片っ端から党中央から追放し、酷いのは、処刑、シベリア送りまでしました。そういう暴君がソ連人民を自由で平等で愛に満ちた社会へと導くはずがありません。真逆に自由のない監獄社会、特権階級だけ裕福に暮らす格差社会を作り上げたのです。

一九九一年、最後の学生引率朝鮮訪問団のときでした。同じ学校の鄭先生から手紙を預かり鄭先生の友だちと会ったときの話です。訪問団の団長で行ったので、私たちの訪問団担当の案内責任者が特別に、宿泊している両江ホテルまで彼を呼んでくれました。私の部屋で会ったのですが、彼が私に「うちの国は社会主義国でしょうか?」と、聞くのでした。私は即座に「違う」と答えました。「社会主義にはまだまだ遠い」と、「でも間違いなく社会主義に向かっている」のだと答えてあげました。彼の顔が一瞬明るくなりました。矛盾を感じていたのでしょう。私の返事を聞いて疑問が解けたようでした。レーニンは革命の七年後に亡くなりました。レーニンの死後三〇年間スターリンがソ連の書記長としてソ連を指導したのです。もしレーニンがスターリンの代わりに三〇年間ソ連を指導していたら歴史は間違いなく変わっていたでしょう。もちろん、レーニンでも一党独裁国家をつくっていれば、レーニンですらどうなったかわかりませんが。一党独裁は権力の腐敗を生みます。一党独裁で共産党の書記長を三〇年もやれば皆独裁者になってしまいます。だから鄧小平は党主席の一〇年定年制を作ったのです。一党独裁でプロレタリア独裁を実施すれば書記長の個人独裁が打ち立てられます。マルクスは社会主義政権が成立しても資本主義から社会主義に行くまで時間を要するので、勤労大衆による個人か少数の反動階級に対する独裁が必ず必要だと主張したのです。あくまで大衆による独裁なのです。人類は唯一民主主義という手段を通してのみ社会主義にたどり着けるのだと思います。

私は今世界で行われている戦争、紛争が全て平和的に解決し、世界平和が来る事を切に願います。

私は、金正恩委員長に希をかけています。二〇一一年一二月一七日に彼が出した四つの指示を聞いて、期待することができるようになりました。

〈二〇一一年一二月一七日の四つの指示〉

・一二月一八日は、日曜日なので告別式はやらない。国民を休ませる。
・国家の一大凶事があったけれど、人民を飢えさせてはいけない。
・電気生産を保障しなければいけない。
・告別式に市民が赤いコート、ジャンパー、手袋、マフラーをして来ても咎めてはいけない。

父が突然亡くなったのに、その日のうちにこういう指示を出せるということは、普通の人間ではないと思いました。一九九四年、金日成主席が亡くなって約二〇〇万人の人民が飢え死にしました。今度は絶対そういう悲劇を繰り返してはいけないという指示だったのだろうと思います。その後五年間の彼の仕事ぶりを見ますと、あながち私の判断が間違っていなかったと思えるのです。

私は今世界で行われている戦争、紛争が全て平和的に解決し、世界平和が来ることを切に願います。

私は金正恩委員長とアメリカの新しい大統領が首脳会談を行い朝米平和協定が締結され朝米国交正常化が早急になることを切に願います。

私は朝日国交正常化が早期に実現し直行便で朝鮮に行ける日が早く来ることを切に願います。

私は金正恩委員長と新しい韓国の大統領が首脳会談を行い、南北の連邦制による統一が早期になされ、私が生きているうちに弟が陸路で旧盆にアボジの墓参りができる日が来ることを切に願い、私の自叙伝を締めたいと思います。

二〇一七年八月一五日

世界平和万歳
朝米、朝日国交正常化万歳
朝鮮の平和的統一万歳

◎趙政済（チョ・ジョンジェ）
1951 年　山口県美祢市大嶺町にて生まれる。
1975 年　朝鮮大学卒業。東京朝鮮中高級学校教員として配置される。
1992 年　東京朝鮮第 1 初中級学校教育会に転勤。同年 6 月、在日本朝鮮人中央教育会常任理事に選出。
2010 年 7 月　中央教育会副会長就任。
2013 年 11 月　退職。

民族教育ひとすじ四〇年 —東京朝高 元教員の手記—

2017 年 8 月 15 日　　第 1 版 第 1 刷発行

著　者——　趙政済　© 2017 年

発行者——　小番伊佐夫

印刷製本—　中央精版印刷

発行所——　株式会社 三一書房

〒 101-0051
東京都千代田区神田神保町 3 − 1 − 6
☎ 03-6268-9714
振替 00190-3-708251
Mail: info@31shobo.com
URL: http://31shobo.com/

ISBN978-4-380-17005-8　C0036　Printed in Japan